動物万博

道具小路
DOUGU Kouji

文芸社文庫

目次

動物万博

序章

国際動物博覧会（Animals World Expo）は、国際動物博覧会条約（ＩＤＣＵ条約）に基づいて開催される、複数の国から選出された動物職人が参加する博覧会である。万国動物博覧会とも呼ばれ、略称は動物万博、動博など。

　ＩＤＣＵ条約によれば、動博は「複数の国が参加する、新種動物におけるデザイン・構想・意図・意思・設計の発表を主たる目的とする催しであり、動物の多様性・芸術性は知性によってこそ生まれ得るというインテリジェント・デザイン論を広く公衆に周知し、動物職人文化において達成された進歩、もしくはその将来の展望を示すものをいう」とされている。

四年に一度の周期で開催される動物万博。

動物職人にとってのオリンピックとも言われるこの催しでは、三日間の開催期間の最終日に、全世界に同時中継されるコンテストが開かれる。職人の出展した動物を名だたる審査員が評価し、芸術性、奇抜性、進化性などの面から、最優秀者を決定する。優勝した職人には勲章と賞金が与えられ、動物職人界の殿堂入りが約束される。業界に身を置く者なら誰もが一度は夢見る名誉で、日夜、頂点を目指して世界中の職人がしのぎを削っていた。

この国際的イベントが、いよいよ来春、東京で開催される。

生まれてこのかた十八年、ただの一度も動物をこねたことのない僕が、この動博への挑戦を決めたのは、なぜか。

一旗揚げたいわけではない。

自分を試したいわけでもない。

故郷に錦を飾りたいわけでも、人生に誇れる肩書きが欲しいわけでもない。

重要なのは、動物万博の優勝者に「何が」贈られるのかという点にある。

蒼い宝石のあしらわれた、精巧な星の勲章……それはさぞかし綺麗だろう。きっと光にかざすとぴかぴかして、何時間でも眺めていられるはずだ。ずっと大事に保管して、見せてと言われても決して桐の箱から出すことなく、一族の家宝として何代も大切に受け継がれていくものに違いない。

でも、目的はそれじゃない。

僕が欲しいのは勲章でも末代までの栄光でもなく、当たり前のように明日食べるご飯があるという安心感であり、気球みたいに膨らんで実家の林檎農園を丸ごと自己破産の彼方へ連れ去ろうとする借金を一発でかち割る大逆転だ。

勲章に付与される賞金は、円に換算して、三億。

つまりは、そういうことである。

第一章　ひよこ

蔵造りの町並みから「小江戸」と呼ばれて人気を博しているこの埼玉県・川越の地には、一年を通して、国内外から多くの観光客が訪れる。

現代にあって江戸の情緒を残したレトロな雰囲気も大きな魅力のひとつだが、彼らがこの場所を訪ねる一番の理由は、町の一角に『動物横丁』という店通りがあるからだ。

動物横丁とは、約四十軒の店舗が並ぶ、石畳の商店街である。この通りの店々では、職人がデザインした動物にちなんだグッズや、実際に職人がこねた愛玩動物が売られている。ここでしか買えない限定品が多々あるために、彼らは熱心にこの町へやって来る。

すなわち川越一帯は、動物の町であると共に、動物職人の町としても知られているのだった。

そんな観光客で賑わう動物横丁を西に行くと、やがて狭い路地に出る。

横丁の喧噪とは一転してシンとするその路地は、時おり道に迷った観光客が足を踏み入れるくらいで、人の往来がほとんどない。そこは瓦屋根の民家がちらほらと建ち並ぶだけの何の色気もないただの路地であり、ところどころアスファルトの舗装が剝げたでこぼこの路地であり、鬼才・石井十字（いしいじゅうじ）五十二歳の自宅兼工房がある路地だった。

三月の下旬に青森の高校を卒業し、リュックひとつでこの町に来てから、既に二週間が経っていた。

当初の予定では、僕はもうとっくに動物職人としての道を歩み出し、修業に励んでいるはずだった。それが四月の第二週に入った今でもこうして朝から十字さん家の門前に立ち、彼が新聞を取りに出てくるのを待っているというのは、大きな誤算があったからである。

「無理。帰れ」

初めて会った時、僕が「突然の来訪をお許しください」の「と」も言い切らないうちに、十字さんはそう言った。それきり彼は黙ったまま、僕をちらりともせず、郵便受けから新聞を取って、ぴしゃりと玄関の引き戸を閉めてしまった。

あまりのことに面食らって、僕はぽかんと立ち尽くした。

どれくらいそうしていたのか、「兄ちゃんちょっと邪魔だよ」といつの間にか右手に来ていた軽トラのおじさんに声をかけられて、ようやく現実が飲み込めた。

想像していた展開はというと、

まず僕が早朝から訪ねた非礼を詫びる↓つっけんどんな態度ながらも十字さんが話を聞いてくれる↓ひたむきな視線で「弟子にしてください。僕はあなたの作品が大好きなんです」↓「駄目だ、弟子はとらん。どっか余所へ行け」↓リュックを置いて土下座「あなたほど素晴らしい職人は他にいない。あなたじゃなきゃ意味がないんです！」↓まんざらでもなさそうに腕組みする十字さん↓ここで駄目押しとばかりに額を地面に擦りつけ「お願いします。あなたが言うなら、僕は何でもします！」

ちょっと十字さんが考える時間。

「……仕方のない野郎だ。顔を上げろ」↓「えっ……？」↓「お前の熱意は伝わった。だがな、俺の修業は厳しいぞ。ついてこれる自信はあるのか？」↓瞳を輝かせ「はい！ありがとうございます！」↓フンと鼻を鳴らし、家の中をくいと親指で差して「とりあえずメシだ」

このような流れで僕は見事に弟子入りを果たし、住み込みで十字さんのお手伝いをしながら彼に師事するはずだった。

　それが、どうだろう。

　僕はまだ何の事情も熱意も伝えていないのに、ただの二言で追い返されてしまった。

　こちらが構える前に、鼻柱に一撃を入れられてしまったのだ。

　僕をセールスマンと勘違いしたのかとも考えたけれど、こんなお上りさん丸出しの年端もいかない僕の出で立ちを見れば、やはり彼は一見して僕を弟子志願者だと察したのだと思う。

　頑固で気難しい人だというのはわかっていた。

　がっくりこなかったと言えば嘘になる。

　でも、退くつもりは全くなかった。

　それから僕は、少ない手持ちを切り崩してゲストハウスに宿泊し、朝から晩まで執拗に十字さん家の前に居座った。彼が出てくることがあればすぐに平伏し、「弟子に」と声をかけた。彼はいつも「無理」と言ったきり、僕を無視した。

　そうやって「弟子に」「無理」「でし」「むり」の門前払いを繰り返し続けて早二週間、今日に至るというわけだ。

　あたりはまだ薄暗く、冷たい春の風が吹く。誰もいない早朝の路地に、錆びた街灯の青白い光がボウッと浮かび上がっている。電線に留まるスズメがまだ眠たそうに鳴いていた。

そろそろかと思っていると、予想通りに引き戸が開いた。すっかり決められた行動として僕は平伏した。

十字さんは、六時きっかりに新聞を取りにくる。

「むり」が返ってくるかと思ったが、その日は違った。

彼の顔を見上げて「でし」と言った。

「あのな、小僧」

十字さんは鬱陶しそうに頭を掻いて、僕を見下ろした。

「いい加減、しつけえんだよ。一体いつまでつきまとう気だ。俺は弟子は取らん。違うやつのとこへ行け」

……やった！

そう。導入こそ手間取ったが、これは僕が想像していた展開のレールと本筋が合っている。ここから実家の毛布の中で何度も練習したセリフを紡いでいけば、必ず光明が差すはずだ。

僕は嬉しさに震えた。僕の執念が、ついに彼の意固地を打ち破ったのだ！

「勝った！」と僕は拳を握った。

「は？」

「あ、いえ。……あのう、僕は十字さんの作品が大好きで」

「そこからどんどん俺を褒めるんだろ。気を良くさせてつけ込むために」

「あなたほど素晴らしい職人は他にいない。あなたじゃなきゃ意味が――」

十字さんの話をほとんど聞き流して自分のセリフを継いでいた僕は、ここまで言ってやっと彼の言葉の意味を理解し、ハッとした。

途端に恥ずかしくなって、口をつぐむ。

図星をついたと悟った十字さんは、にやりと笑って新聞を取った。

「お前みたいなとんちんかんには慣れてるんだよ。どいつもこいつもみんな同じだ」

そうして十字さんは、家の中へと引っ込んだ。

体の芯が熱くなってくる。追いすがれば良かったが、どうすることもできず、僕は戸に向かって「まだまだ」と呟くのが精いっぱいだった。

初めて動物職人の技を目にしたのは、中学三年の、修学旅行の時だった。
今でもはっきり覚えている。二日目の日程の午後だ。都営の『動物工房』に赴いて、二十人くらいの生徒を一班に、入れ替わりで見学した。
『動物工房』は、とても近代的な建物だった。いくつかの部屋に分かれていて、その中で動物をこねる。こねるというのは、職人用語で「動物を創る」という意味である。

ガイドの女性に案内されて入った部屋は、ラジオを収録するスタジオのようだった。溜まりになるコントロールルームがあり、その向こうに分厚いガラス張りのブースがある。

「あのブースの中で動物をこねるんだな」と、隣の友人が言った。

部屋には、数人の職人がいた。みんな頭に白いタオルを巻き、作務衣（さむえ）を着ていた。いかにも職人ふうだった。

「それではこれから、実際に職人の技を見せて頂きましょう」

ガイドが言って、ひとりの職人が傍らに置いていた小さなケージを持ってブースに入った。太った中年男性で、温和そうな人だった。ケージの中には土色のオオカミの子どもが入れられていて、あんあんと可愛らしく鳴いていた。

僕たちは、ガラスの向こうの太った職人を注視した。

太った職人はケージからオオカミを出し、柔らかく頭を撫でた。オオカミは耳を倒して目を細め、気持ちよさそうに尻尾を振り、職人の足元にすり寄った。

太った職人は、熱心にオオカミを撫で続ける。

そのうち、気持ちよさそうだったオオカミの顔がとろんとしてきた。舌を出し、よだれを垂らし、より目の焦点を上に向け、チーズが溶けているみたいなでれでれになって、恍惚とはまさにこれという表情をした。

「入った」「入ったな」と、並び立って様子を見ていた職人たちが口々に言った。

「はい。今、職人さんがオオカミのツボを入れました。わかりますか？　オオカミの子がでれんとしていますよね」

ガイドが説明する。

「あの状態になった動物は、たいへんな快感を感じています。これから職人さんの手で進化したり変容させられたりすることに対して一切の苦痛を感じない、むしろちょっと嬉しい、痛気持ちいいといった、一種の麻酔にかかったんです。さあ、ここからが職人さんの腕の見せ所ですよ」

太った職人は、オオカミの頭を両手で覆って、パン生地をこねるように動かした。耳をつまんでちょっとひっぱり、目の周囲を指で押して少しだけ目玉を飛び出させ、鼻先をむぎゅっと押し込んでいく。まるで紙粘土で人形を作っているみたいだった。

彼は上着のポケットから冷却スプレーを取り出してかしゃかしゃと振り、頭の先から尻尾まで、仕上げとばかりに振りかける。

オオカミの子どもが、冷たそうに身をよじり――。

――そしていつの間にか、今の今までオオカミの子どもだったその動物は、どこからどう見ても「チワワ」になっていた。姿形が変わっただけではなく、潤んだ瞳にぷるぷる震えているところも、まさにチワワそのものだ。

生徒たちから拍手が起きる。

太った職人は、チワワを撫でつつこちらを見た。溜まりの両端にあるスピーカーがばつんとノイズを吐き、彼の言葉をこちらに届ける。

『まず、基礎（ベース）であるオオカミの子どもをチワワにしました。最後のスプレー、あれでしっかり震えを加えるところがポイントです。傍から見れば虐待のように映るかもしれませんが、大丈夫。動物たちにとって、生まれ変わったり創り変えられたりするのは、とっても楽しいことなんです』

太った職人の言う通り、チワワには怪我も怯えもないようだった。彼の手をぺろぺろと舐め、「もっと遊んで」と言うように、姿勢を低くしてお尻を上げている。

『では、ここからが本番です』

太った職人は先ほどと同じように、チワワの頭を撫でくり回してツボを入れた。再びあへあへになったチワワを優しく抱きかかえる。落ちないよう気を付けながら、右手のひらにチワワのお腹を乗せ、腕を高く上げる。それからゆっくりとピザ生地を伸ばすように、チワワを手のひらの上で回転させ始めた。

次第に速度を増して空中で回転するチワワの体が、どんどん円形に広がっていく。

太った職人は、回転するチワワの落下に合わせて器用にキャッチする。滞空時間がどんどん長くなっていき、やがてある一瞬、最頂点でピタッとチワワは静止した。

そこからたちまち両手両足に飛膜を張り、ふわふわとした滑空で彼の肩に降り立ったその動物は、まごうかたなき「ムササビ」である。

「チワワがムササビになった！」

　生徒たちが沸く。

『ある動物を、違う動物に。その動物を、また違う動物に。発想の分だけ動物の変容があります。どれだけ面白い発想をして新しい種を創り出せるか。それが私たち、動物職人の仕事です』

　太った職人が、額の汗を拭って言った。『ちなみに、今のチワワ伸ばしがヘタだとモモンガになります』

「動物職人ってすげえ」と、誰かが呟いた。その一言を皮切りに、「感動した」「凄まじいわ」と、職人たちへの賛辞が飛び始めた。

　それがまずかった。

　気を良くした若い男性職人のひとりが「ならもうちょっとだけ見せてあげようかな」と、何やら卓上の機械をいじくってから、太った男性と入れ替わりにブースの中に入った。

「おいやめとけ」という他の職人の制止を無視して、若い男は自分の両頬を張って気合を入れる。

ブースの奥の壁に長方形の切れ込みが浮かび、扉を形作っていく。

『最後に、大物をひとつ』

若い男が言うのと共に、音もなく開いた扉から、一頭の巨大なクマがのしのしとやって来た。

溜まりで、わっ、と歓声が弾けた。クマがすっくと二足で立ち上がる。縦幅も横幅も、若い男の二倍はある。胸には立派な月の輪模様があった。

『これからこのツキノワグマのツボを入れて、メガネグマを創りますよ』

若い男はそう言うと、俊敏な動きでクマの懐へ潜り込んだ。両手をわきわきさせてクマのお腹をくすぐるようにする。

そうして若い男の手がクマの胸にまで至ろうとしたところで、「ちっ」と、溜まりの端に立っていた職人が舌打ちしたのを、僕は聞き逃さなかった。

ふいに動き出したその職人がブースの中に突入するのと、若い男がバカでかいクマの前足で顔全部を埋め尽くされるような掌底をもらったのは、ほぼ同時だった。

若い男はぶーと鼻血で弧を描いて昏倒し、仰向けに倒れたまま動かなくなった。

クマというのは、こちらが大きな音を出せば出すほど驚いて、逆に突撃してくる動物だ。

生徒たちの間で弾けた悲鳴が引き金になり、クマはガラスに向かって全身でぶつかってきた。こうした万が一の事態のために強化ガラスになっているのだろう、幸いにも割れることはなかったが、突進を繰り返すクマの圧倒的な迫力に、溜まりはすぐさまパニックに陥った。

逃げ惑う生徒たちが出口に殺到し、ガイドが必死に「落ち着いて！」と呼び掛ける。その混乱にもみくちゃにされながら、僕はブースから視線を外せずにいた。

他の職人たちにブースから引っ張り出される若い男を心配したからではない。興奮するクマの傍らで、ただひたすらに落ち着いて仁王立ちしている職人から目が離せなかったのだ。

四十代後半くらいに見えるその職人は、濃い眉毛を逆ハの字に、眉間に皺を寄せてむっつりしていた。彼は、他の職人にはない、明らかに異様な波動を放っていた。人を斬ったばかりの抜身の刀みたいな、どす赤くてまがまがしい雰囲気をまとっていた。

視界に入ったのか、クマが標的を彼に絞って襲い掛かった。

彼は、斜め上から袈裟斬りにするようなクマの右前足をこともなげに避け、そのままクマの後方に回って、お尻の付近をつんつんと数度つついた。

すると、たちまちクマはぺたんと座り込み、頭を抱えるようにくねくねし始めた。

そうしてすっかり大人しくなり、何が起こっているのかわからないというふうにきょとんとした。

たったあれだけのことでツボを入れたのだとわかった時にはみんな避難していて、彼の一瞬の絶技を見た生徒は、僕ひとりだけだった。

『おい。そこのポンコツが目を覚ましたら、五番ハッチ以上は二度と開けるなと叱っとけ！』

彼はそう怒鳴って、鬱陶しそうに頭を掻いた。

職人と言えども、いつも無傷で動物を創り出せるわけではない。ツボを入れるまで、彼らは剝き出しの野性と対峙しているのだ。

彼は、大人しくなったクマの両前足を、両手で取って立たせた。

その時、ふと目が合う。

彼は「しっし」と僕を払うようにしてから、クマと手を繋いで、ブースの奥の扉の中に消えていった。

「まあ、いつ見ても凄い技」

若い男を介抱している、太った職人が呟いた。

「指一本でツキノワグマを収めちゃうんだもんな」

「あのう……あの人は、なんて方なんですか？」

そう尋ねて、僕はようやく知った。

彼こそが、かの伝説の職人・岡本大朗（おかもとたいろう）と双璧を成して職人界の一時代を築いた人物であり、動物界の至宝「カモノハシ」を生み出した鬼才・石井十字、その人だったのだ。

それから、僕の動物職人に対する興味は一気に加速した。

これまでそういう職があるということは知っていたけれど、詳しい内容は全くわかっていなかった。だから僕は片っ端から職人に関する本を読み、知識を漁った。

動物職人というものは、言い換えるなら芸術家のような職業である。自身の作品動物には知的財産権がつくので、ペットとして専売してもいいし、その動物をグッズ化してもいい。

動物職人の億万長者というと、直近では日本のコシノコ・ジュンコが有名だ。彼女は「ウーパールーパー」というおちゃらけた顔した可愛いサンショウウオを生み出し、世界各国で特大ブームをかまして途方もない財を築いた。

夢がある。

動物職人は、トレジャーハンターだと言ってもいい。クマにのされた若い男のように大怪我をすることもあるが、うまくいけば大金を摑める。それには鋭いセンスと発想力が必要で、だからこそ誰もが成功するわけではない。

浪漫がある。

憧れの錦衣玉食を思い描いているうちに、いつしか僕の頭の中には、あの抜身の職人が住むようになった。

彼のように——十字さんのように、格好良くて凄腕の職人になれたらどんなにいいだろう。「哺乳類なのにクチバシがある」「哺乳類なのに卵を産む」「授乳するのに乳首がない」「小動物くらいなら殺せる毒がある」といういかれたアイデアを実現させ、世界中を驚愕させた彼の代表作「カモノハシ」みたいな動物を創って、笑っちゃうくらいのお金を稼げたら。

そうしたら、借金にまみれたちっぽけな林檎農園なんか、すぐに救えるのに。

父の代わりに、女手ひとつで僕を育ててくれている母に、楽をさせてあげられるのに——。

抱き続けた憧れはいつしか現実と重なって、もはやそうなるしかないという運命の道筋を立てていた。

これしかない。

僕は、高校の三年間という時間の全てを動物の勉強に宛てた。いい職人になるには、まず動物のことを知らなければならないと思ったのだ。

　元々大学に進むつもりもなく、卒業後はとりあえず就職だとぼんやり考えていた僕にとって、将来のために打ち込むべきものができたのはとても嬉しいことだった。三年生になり、同級生たちが受験だ受験だと騒ぎ始めている時も、僕はあらゆる教科を捨てて動物学を学んだ。「そんなことしてていいのかよ」と笑われても、僕にとってはそれが生きるための勉学であり、未来を切り拓くための一手だった。

　いよいよ卒業となり、僕は母に動物職人の道を志すと伝えた。

　母はきっと、僕が就業するものと思っていただろう。もしくは林檎農園を継いでくれると期待していたかもしれない。母の胸のうちは痛いほどわかる。ひとりっ子の僕が実家を捨て、夢を追ってこの身ひとつで都会へ出る。切り出すのが遅くなったのも、母の気持ちを想って心苦しかったからだ。

　馬鹿なこと言わないの！

　そう叱咤される覚悟はできていた。

　なのに母は、

「わかった。行ってらっしゃい」

　何の逡巡もなく、そう言った。

　そうして僕の手を取った母のくたびれた両手の温度と、その微笑みが見せた目尻の皺と潤んだ瞳は、永遠に忘れられない。

情けないことに僕は泣き、そして母は泣かなかった。

出発前日の夕食に、うちで採れた林檎が出た。飽きるほど食べてきたけれど、その時の林檎は、これまでの中で一番甘酸っぱい味がした。

必ず大恩を返そうと心に誓い、靄煙る仲春の朝、決意を固めて家を出た。

涙を見られるのが嫌で、一度も振り返らなかった。

心には、いつでも母と林檎がある。

狙うは三億。

僕の辞書に、諦めという文字はない。

◇

「でし」

「……」

四月の第三週に入っても、僕はまだ十字さんの家の前で土下座を続けていた。

その日も朝から、完璧なる無視を食らう。だからと言ってへこたれないのでそのまずっと門前にいると、昼過ぎに再び十字さんが家から出てきた。

「でし」

「……」

　十字さんが外出する時というのは、三つのパターンがある。ひとつは新聞を取りに来る時、ひとつは買い出しに行く時、ひとつは自身の作ったカモノハシグッズを横丁に卸しに行く時だ。僕はもうほとんど彼のストーカーなので、そこらへんの情報は把握している。

　そうした場合、彼はだいたい適当なTシャツジーパン姿なのだけれど、今回は違っていた。

　彼は、黒いスーツに茶色のネクタイでばしっと決めていた。元来彼は渋く整った顔立ちをしているので、とても絵になっていた。

「どこへお出かけですか？」

　僕は平伏したまま尋ねた。

　十字さんは答えない。

　かと思ったが、

「……なあ。そもそもお前、どこで俺ん家の住所を知ったんだ」

　僕はリュックを漁って、一枚のパンフレットを取り出した。それは僕が中三の修学旅行の際にもらった『動物職人の仕事』というパンフレットで、最後のページに顔写真付きで職人の紹介がある。そこにばっちり十字さんの自宅兼工房の住所が記載されていた。

十字さんは舌打ちした。

「そんなもん載せんなって、集まりついでに言っとかなきゃな」

その口ぶりから、これから十字さんは職人たちの何らかの会合に行くのだろうと思った。正装しているから、きっと大事な集会なのだろう。

「いつお帰りになりますか？」

「お前の知ったことか」

十字さんは、ぷいと顔を背けて行ってしまった。

一時間ほど時間を潰そうと、僕はゲストハウスに戻った。

ベッドの上に寝転んで、財布を開く。

バイトでちびちび貯めたお金も、底を尽くまであと少し。

いい加減、決着をつけねばならない。

午後二時を過ぎ、再び十字さんの家へ赴いた。

三時頃、彼が帰ってきた。僕が会釈をすると、彼は眉間に皺を寄せた。僕が土下座すると、彼はネクタイを緩めながら「むり」と言った。

「お願いです。どうか事情だけでも聞いてくださいませんか」

僕は躍起になって頭を下げた。

「僕は昔、あなたにお会いしたことがあります。きっとあなたは覚えていないでしょうが、中学時代にあなたの技を見たんです。その時、僕は雷に打たれるような衝撃を受けました。この人についていきたい、この人の元で学びたいと。それから必死に動物学を勉強しました。動物の知識なら誰にも負けません。きっと大成してみせます。家事も雑務も何でもします。どうか僕を置いて――」

そうして必死に懇願し、顔を上げたところで、僕はやっと気づいた。

十字さんの後ろに、誰かいる。

彼の背後に隠れるようにして、僕を見ている、誰か。

女の子だ。

肩までの黒髪の女の子で、背が低い。どこかおどおどしていて、いけないものを見ているような目を僕に向けている。あどけない顔立ちで、中学生くらいに見える。

十字さんがこの家を出る時、その子はいなかったはずだ。

「あの。そちらは？」

僕は尋ねた。

すると十字さんは、平然と、とんでもないことを言った。

「俺の弟子」

耳を疑った。

◇

「ええと……？」

少し考える。

「あ。十字さんのお子さんですか？」

「俺にガキはいない」

「親戚とか？」

「今日が初対面」

「え、だ、だって……」

だって彼は「弟子は取らん」と言っていたはずだ。ほぼ一か月、僕が懸命に頼み込んでも、彼は頑なに首を縦に振らなかった。それが、ちょっとどこかへ出かけた帰りには、今日が初対面の弟子という女の子を連れている。僕は駄目で、その子はいいというのか。僕の何が駄目で、その子の何がいいのか。

行き場のない悔しさとやるせなさが渦巻き、僕は半ば泣きながら「男女差別だ！」と叫んだ。

「お前にゃ関係ないことだ」

「ちくしょう、どこで一本釣りしてきたんだ！」

十字さんは無視し、女の子を連れて家の中に入ろうとする。

まさか、と思う。

「弟子ってことは、その子と一緒に住むんですか？」

「そうだ。身寄りがないらしいからな」

「……その子、いったい何歳なんですか？」

十字さんは「そういや知らねえや」というような顔で女の子を見た。

視線を受けた女の子は、か細い声で「十五です」と呟いた。

「血の繋がらない十五歳の女の子と、一緒に暮らすんですか？」

「まあ、そうだ」

わかった。この人は弟子というていで女の子を連れ込んでスケこます気だ。

弟子を拒んでいた彼の心境が変わったのではない。そこらへんで引っかけた彼女に、修業なんかつけてやる気もないのに「技を教えてあげるよ」とうそぶいて、うまく自宅に誘導したが最後、いぶし銀の皮を脱ぎ捨て正体を現したるは夜の名職人。色んな道具で色んな角度から色んな方法を試す気だ。教えてあげる技とはつまりそっちの技だ。そうして毎日が彼女との思い出でいっぱいだ。

僕は十字さんを睨みつけた。

「この変態が！」

「何とでも言え。さあ帰った帰った」

十字さんは、今度こそ家へ入ろうとした。

――これまでの僕の苦労を、天が報いてくれたのだと思う。

十字さんの指が引き戸の取っ手にかかったその時、路地の向こうで「ちりりん」とベルが鳴った。

見ると、自転車に乗ったおまわりさんが手を振りながらこちらへ向かってくる。

天啓を得る。

「あのおまわりさんに言ってもいいですか？」

「あ？」

「その女の子とあなたが、一緒に暮らすってこと」

十字さんは首を傾げ、それから「まさかこいつはどえらいことをチクろうとしているのでは」というような顔をした。

「五十二歳の男性と十五歳の女の子が、いきなりひとつ屋根の下で生活を始める。それって」

「おい、小僧」

僕の言葉を遮って、今度は十字さんが僕を睨みつけた。

「馬鹿らしい。俺にやましい気持ちがあるとでも思ってんのか」

「それは僕じゃなくておまわりさんが判断することだ」

「――この野郎」

これまで無視され続けたことで無意識に鬱憤が溜まっていたのだろう、僕は止まらなかった。

「結婚するにしたって、女性は十六歳にならなきゃできないはずだ。年端もいかないいたいけな少女を連れ込んだ中年男性は、なんとあの鬼才・石井十字。過去の栄光に泥を塗る職人。ああ、明日の一面の見出しが見えるようだ！」

おまわりさんがどんどん近づいてくる。

十字さんはガリガリと頭を掻き、僕の胸倉を掴んで、おまわりさんから死角になる家の敷地に引っ張り込んだ。鼻と鼻がつくくらいの至近距離から僕の瞳を真っ直ぐに見て、「どうすりゃいいんだよ」と低い声で言った。

「だから、最初から言ってるじゃないですか」

「やあやあ十字さん、こんにちは」

ついにおまわりさんがやって来て、僕たちの目の前で自転車を降りた。

「今日の会合で、こちらをお忘れになっていたみたいですよ」

おまわりさんは、懐から万年筆を取り出して十字さんに渡した。

「コンビニの前で鈴木さんに会って。パトロールのついでに渡してくれと頼まれたんです」

「それはどうも。お手数をお掛けした」

「いえいえ、ではこれで……おや？」

自転車に乗りながら、おまわりさんは僕たちに目を留める。

「そちらの子たちは？」

十字さんは、眉間に皺を寄せて僕を見る。

それから観念したようにため息を吐き、「私の弟子です」と言った。

◇

これでようやく実家に手紙が書ける。きっと母は、連絡をよこさない僕をとても心配しているはずだ。でも今は胸を張って『無事に弟子になれました』と伝えられる。

四月の最終週、僕はようやく十字さん――師匠の家の敷居を跨いだ。

ここまで一か月もかかってしまった。この遅れを取り戻すべく、僕はやる気に燃えていた。

「改めまして、お世話になります。僕は――」

「ああ、いらんいらん。お前なぞ不詳の小僧で十分だ」

自己紹介をしようとしたが、師匠はそれを制止するようにそう言って放屁した。

僕のような駆け出しには、まだ名を名乗れるほどの価値すらないということか。

いいだろう。来年の春までに、僕は必ず一人前になってみせる。おそらく師匠に見限られる心配はない。追い出されようものならすぐに交番に駆け込みいつでも垂れ込む気概があります、と彼に伝えたからである。

師匠の家は、一階が生活スペースで、二階の一室が工房、その他の二室が寝室になっていた。就寝の際は僕と師匠が同じ部屋で寝、もう一室を、女の子――ウカさんが使う。

朝は五時半に起き、僕とウカさんで朝食を作る。六時にウカさんが新聞を取って師匠の元に持ってくる。それから三人揃ってちゃぶ台を囲んで朝食を取る。身支度を済ませ、ウカさんと手分けして家事を行う。その間、師匠は工房でカモノハシグッズのデザインを思案する。

昼食も三人で取ったら、あとは自由時間になる。師匠はカモノハシグッズを横丁に卸しに行き、僕は蔵造りの町を見物したり師匠の蔵書を読んだりし、ウカさんは家に引きこもってスケッチブックに絵を描いたりする。夕食は三人揃うこともあれば、各々で勝手に食べることもある。近くの銭湯でひと風呂浴びたら、夜空に流れ星を探しながら帰路を行く。それでおやすみなさいを交わして寝る。

そうした共同生活が、一週間ほど続いた。

「なんもしてない」

五月初週のある朝、ちゃぶ台についてご飯山盛りの茶碗を持ったまま、僕はふと気づいて呟いた。

「なんもしてない、これ」

「んだよ」

ばりんばりんとたくあんを齧りながら、師匠が言った。

「師匠。僕は一人前の職人になりたいんです」

「聞いた」

「でも、もう一週間も経つのに何の稽古もつけてもらってません。これはただ普通に生活しているだけです」

「ああ」

「あの。ぜひ修業を」

師匠は「ああ、修業ね」と言ってぐいっとお茶を飲み干し、三秒くらい何かを考えて、

「じゃ、ひよこ」

「ひよこ？」

「ああ。ひよこを俺に見せてみい」

　師匠は「せっかくだからお前もだ」と言って、ウカさんを見た。彼女はこくりと頷いた。

　そうして師匠は朝食を平らげ、さっさと二階へ行ってしまった。

◇

　いきなりひよこを見せろと言われても、いったいどうすればいいのかわからない。しかし、ゆえにこそ修業なのだろう。師匠は僕たちを試しているのだ。ひよこを創る方法を自分で見つけ、俺に示してみろと。いきなり教えるのではなく、自分で正解を導くことにこそ意味があるのだと。これはきっと、師匠流の特別な指導なのだ。

　あらかた家事を終わらせてから、僕は早速ちゃぶ台にノートを広げて「どうすればひよこを生み出せるか」という構想を巡らせた。

　まず、動物をこねて新種を生み出すには基礎（ベース）となる動物が必要になる。これを「基礎動物」と呼ぶ。

基礎動物は四種類ある。「オオカミの子ども」、「ヤマネコの子ども」、「マウス（はつかねずみ）」、そして「ひよこ」だ。この四種類から、樹形図的にあらゆる種が誕生する。こね方次第で無限の進化がある。

その肝心のこね方というものにも、型がある。

ひとつ、『物理的技法』。

ひとつ、『心理的技法』。

『物理的技法』は、修学旅行で見たような「オオカミをチワワにする」という方法だ。基礎動物を用意し、それを実際にこねくり回したり投げ飛ばしたりして新種を創る。道具を使うのも物理的技法に分けられる。

一方『心理的技法』は、人間が手を加えるのではなく、その動物の心理をついて自然な変化や進化を促す方法だ。例えば、オオカミにひたすら『オーシャンズ11』を見せる。顔を背けても首を摑んでしっかり見せる。するとオオカミはそのうちラスティ・ライアンの華麗なるズル賢さに感銘を受け、徐々に目を細く、鼻を長くしていく。つまり勝手にキツネ化していくというわけだ。

どうしてそうなるのかは、誰にもわからない。

でも、なるもんはなるんだから仕方がない。

このふたつの技法のうち、ひよこはどちらで創ればいいのだろう。

そもそも、ひよこは基礎動物だ。主に鳥類を生み出す時に使われる。原点である動物を、どうやって生み出せばいいのか……。

暮れ方までうんうん唸ってみたけれど、打開策は浮かばない。

起死回生を狙って、僕は図書館へ赴くことにした。

家を出て、近道に動物横丁を通っていく。

町並みの雰囲気に合わせてレンタル浴衣を着た観光客たちが、川越名物のさつまいもチップスやさつまいもソフトクリームを片手に、店々の動物グッズを楽しそうに見物している。石畳に跳ねる、からん、ころん、という下駄の調子の隙間には、澄んだ鐘鈴の音があった。多くの店先に風鈴が吊るされているというのも、この店通りの特徴だ。

人々の間を縫って動物横丁を抜け、北へしばらく行くと、やがて図書館に到着した。

この図書館では、書物だけでなく、様々な映像資料も見ることができる。入館して、真っ直ぐにお目当てのビデオコーナーへ。資料の目次をなぞってみると、なるほどさすが職人のメッカだけあって、動物をこねる映像がふんだんに置いてあった。

しかし、必要なひよこ創作にまつわる映像がない。

やむなく、『鳥類応用こね技術・テクニック』というビデオを借りる。何かヒントがあればいい。いくつかある仕切り付きの席のひとつに座り、二十四インチのテレビデオのデッキにセットして、ヘッドフォンをつけた。

画面に『応用・その1』というテロップが出て、NHKのラジオ体操をしていそうなスタジオで、ひよこと男性職人が向かい合う映像が流れ始める。

まず、職人がひよこのツボを入れて成型し、肛門に小型の吹き竿を突っ込んで息を吹き込み、ガラスを膨らませるようにしてカルガモを創った。そのカルガモを別室に連れていき、今度はテレビの前に座らせて『第五十回紅白歌合戦』で『やんちゃ酒』を熱唱する大林幸子の録画を見せた。

まるで地平線から昇る太陽のような黄金の扇を背負ったド派手な彼女の衣装に感化されたカルガモの体が、だんだんと光に包まれ、大きくなっていく。やがて歌が終わる頃には、カルガモはすっかりクジャクになっていて、バサッ！　と美しい羽を広げた。

『これは「物理的技法」と「心理的技法」の合わせ技です。まずひよこをカルガモにこねてから、気持ちを突いてクジャクにする。このような応用も、動物職人にとって大切な発想のひとつです』と、女性の声でナレーションが入った。

「合わせ技か……」

ひとりごちつつ、そのまましばらくビデオを見続けてみるものの、名案は浮かばない。

◇

浮かばないまま三日も経った。

その日も図書館で資料を漁ったが、収穫はまるでない。

夕焼け空の下をとぼとぼ帰っていると、中学校の裏あたりに差し掛かったところで、ふと「コケコッコ〜」と聞こえてきた。声のした生垣の穴を覗いてみると、すぐそこにニワトリ小屋がある。六羽の成鶏が忙しなく歩き回っていた。ひよこを探したが、いなかった。

「かわいいでしょ」

ふいに話しかけられたので左方を見ると、用務員だろう、箒を持ったおじさんが立っていた。

「生徒が大切に育ててるニワトリだよ」

「みんな元気ですね」

「そうだね。でも、一羽だけ調子が悪いみたいで。ほら、あそこの」

おじさんは僕と並び立ち、小屋の隅で目を閉じて動かない一羽の牝鶏を指差した。

「もう三週間くらいかな。あの子はあんな具合でさ。病院に連れていこうとするんだけど、近づいたら凄く嫌がって叶わないんだ。とっても心配だよ」

そうしておじさんは「まあ、好きなだけ見てってね」と言って歩いていった。

考えごとをしながら帰路を辿る。

家に帰り着いて居間に入ると、ウカさんがスケッチブックにクレヨンで何かを描きながら、ふんふん鼻息を噴いていた。

僕に気づいたウカさんは、恥ずかしそうに赤くなり、ぺこりと頭を下げてスケッチブックを閉じた。台所からカレーのいい匂いがしている。師匠は外出中のようだ。

僕はウカさんの対面に腰を下ろし、リュックからノートを取り出してちゃぶ台に広げた。

「図書館で色々と調べてるんですが、どうやってひよこを創ればいいのか見当もつきません」

「……」

「ウカさんは、何かいいアイデア浮かびましたか？」

「……いえ……」

「そうですか……」

僕は頬杖をついて、控えめにウカさんを見た。視線を察したウカさんは顔を伏せる。

この子はたいへん恥ずかしがり屋だ。出逢って一週間以上が経つのに、いまだ二行以上の会話をしたことがない。話しかけてもふいっとして、目玉を突かれたカタツムリのようにしおしおと小さくなって無言の殻に閉じこもる。

師匠は、どうしてこの子を弟子にしたのだろう。そもそもどっから連れてきたのか。

「ううん。どうすればいいんだろうなあ……」

両手を頭の後ろに置いて、ごろんと仰向けに寝転んだ。天井の木目の模様がおばけの顔に見える。照明の光を舐め回るように、一匹の羽虫が飛んでいた。

ため息が出た。

僕は、動物の知識にだけは自信がある。高校三年間をまるまる動物学の勉強に宛てたのだから、ひよこという動物が脊椎動物門で鳥綱でキジ目キジ科ヤケイ属セキショクヤケイ種ニワトリの雛だってこともばっちりわかっている。

ただ、そうした知識というのは、もしかすると実際に動物を生み出す上ではあまり必要がないのかもしれない。だって、チワワがムササビになるのだから。イヌ科がリス科になるのだから。

自分はまるで甲斐のない勉強に励んでいたのかもしれない。

そう思うと、憂鬱になってきた。

「このままじゃ、弟子失格だ……」

悲し気に僕が呟くと、ウカさんが狼狽える気配が伝わってきた。

そしてウカさんは、ふっと席を立った。横目で追うと、台所へ行ったらしい。なにやらごそごそしてから、また居間に戻ってきた。

トンと音がしたので身を起こすと、ちゃぶ台の上に小皿があり、五つの大福が載っている。

「僕に？」

ウカさんは頷いた。

「……よかったら……」

ウカさんは、僕が落ち込んでいるのだと思って励ましてくれているのだろう。

僕はとても嬉しかった。問題なのは、僕が劇的に甘いものを苦手としていることだ。

彼女の善意を無下にするわけにもいかず、僕は大福をひとつ頂いた。あんこぎっしりの大福を、外面は普通に、内心は芋虫でも食うかのごとく飲み下すと、ウカさんは「もう一個どうぞ」と微笑んだ。夕食前だからと丁寧に断ると、彼女はこくんと頷いて皿をかたした。

その後間もなく師匠が帰ってきたので、僕たちは三人でカレーを食べ、いつも通りの流れで就寝した。

事は翌朝に起こる。

◇

実家の林檎農園の前に『差し押さえ』の看板が乱立するという悪夢を見、僕は飛び起きた。

寝ぼけた頭であたりを見回す。掛け布団をぶっ飛ばし、「卍」みたいな寝相になっている師匠が、隣でぐーすかといびきをかいている。

窓の外には朝の気配。

目覚まし時計を手に取ってみると、五時十八分。

起床時間ぎりぎりまで寝ていようかと思ったが、喉が渇いていたので、師匠を起こさないように寝室を出た。

ウカさんの部屋の前をそーっと横切って、一階に降り、台所へ。

シンクの上にある小窓から朝陽が差し込んで、台所を明るい檸檬色に染めている。

カレーの匂いがまだ残っていた。

コップに水を注いで飲もうとした時、小窓の向こうで影が動いた。

なんだろうと思って窓を開ける。そこには、三方を木塀で囲んだ小さな庭がある。

物干し台のすぐ傍に、薄桃色のパジャマ姿の、ウカさんがいた。

ウカさんはしゃがんで、お椀のかたちにした自分の両手をじーっと見つめている。勝手口用のサンダルを履いている。近くに皿が置いてある。ちょっとだけ顔を上に向けたかと思うと、くしゃみをした。

こんな朝から何をしているんだろうと、僕はウカさんに目を凝らした。

ウカさんの近くの皿には、何かが載っている。三つの白くて丸いもの……あれは昨日、僕に出してくれた大福の残りだ。更に窺えば、彼女の両手のひらにも大福がひとつある。

ウカさんは、大福を包み込むように手で覆った。

目を閉じてなにやらぶつぶつと呟き、両手を軽く上下に振った。

そして、僕は見た。

次にウカさんが手を開いた時、そこには、一羽の白いひよこがいた。

ウカさんは笑って、ひよこを丁寧に地面に置いた。綿毛みたいなひよこはピヨピヨと鳴いて、彼女の足元に体をこすりつけた。

彼女は皿から大福を取り、同様の手順でもう一羽、もう一羽とひよこを創っていく。

そのうち彼女は、大福から生まれた四羽のひよこに囲まれた。ピヨピヨよちよちしているひよこたちを見て、彼女はにこにこしている。朝陽に照らされて、庭一面が輝いた。

体が意識を凌駕する感覚だ。

僕は勝手口から裸足で庭に飛び出していた。

僕に驚いたウカさんが尻もちをつく。ひよこたちがピヨピヨと逃げ惑う。

「どうやったんだ！」

僕は膝をついて、ウカさんの両肩を掴んだ。

「大福をひよこにしたのか⁉」

ウカさんは、目を白黒させている。無意識に力を込めて揺さぶる。彼女の首ががっくんがっくん前後する。

「教えてください、今のは何ですか！」

突然、ぴー！　と、僕の足元にいたひよこが大きく鳴き、体当たりしてきた。「お母さんを離せ！」と言っているようだった。ハッとなって彼女を解放する。ウカさんは怯えたようにぶるぶる震え、「ごめんなさい」と言って立ち上がった拍子にガーンと物干し竿に頭頂をぶつけ、ぶわっと涙を流し、庭を横切り家の表の方へ駆けていってしまった。

彼女の後を、四羽のひよこが必死になって追いかけていく。

僕はしばらく呆然と立ち尽くし、ふと我に返って台所へ戻った。

すぐさま二階の寝室に向かい、よだれを垂らして寝ている師匠に馬乗りになる。

「んが？」

師匠は目を閉じたままにへらと笑って「いやあ、そんな大胆な」と言った。

「起きてください！」

僕は師匠の頬をぺちぺち叩いた。

師匠は「んごえ」と息を漏らして、うっすらと目を開け、

「あ？　んだオイ」

「僕、見ちゃったんです。ウカさんが、大福からひよこを創った！」

師匠は眉間に皺を寄せ、心底鬱陶しそうに「ああそう」と呟いた。

「師匠は知ってたんですか？　ウカさんがあんなことできるって！」

「ああ」

「ウカさんは何者なんですか！」

「てめえうるせえんだよ朝っぱらから。そんなにぎゃーぎゃー騒ぐことじゃねえだろ」

「騒ぐことですよ！」

新しい動物を生み出すためには、基礎になる動物がいる。

生物から、生物を創る。

それはこの世界における常識で、覆しようのない真理だ。

だが、ウカさんは、大福という「無生物」から生物を創った。

見間違いではない。四つの大福が四羽のひよこになったのだ。

「お前が知らんだけだ」

師匠は頭を掻いた。

「この世には、命のないものから命を生み出せる奴がいるってこと。ウカがそれってだけだ」

「んな馬鹿な！　そんなの聞いたこともないし、どんな本にも載ってなかった！」

「そりゃ誰も言わないいし、誰も書かないいからだ」

師匠は「いい加減どけ」と言って、僕を太い腕で跳ねのけた。

「ウカは選ばれた存在なんだよ。まだ新種は創り出せねえが、そのうちあいつは俺を超え、世間をアッと言わせるような動物を生むだろう。そうすると自然に金がガッポガポ。あいつをここに置いとく限り、俺は一生安泰だ」

師匠は、布団の上にあぐらをかいた。

「お前はずいぶん自分の知識に自信があるみたいだが、何よりインスピレーションが重要な動物職人にとって、勉強なんてのはそこまで役に立たねえんだよ。現に俺だって、そんなに動物に詳しいわけじゃない」

「違う……動物のことをきちんと知っているからこそ、これまでにない新しい発想が

「——」

「じゃあ聞くがな、お前はひよこを創れるか？」

何も言えない。

「大福でも綿菓子でも、何を元にしたって、どんな手使ったたっていいんだぞ。ガタガタぬかす前に、俺に生まれたてのひよこを見せてみろ」

僕はうつむくしかなかった。

「いいタイミングだから言っておく。できなくばお前には才能がないからここを出ていけ。お前がうだうだしている間に、ウカとの間柄は方々にしっかり説明しといたから、俺をおまわりに突き出したって無駄だぞ」

師匠は口の端を歪め、「いいか、何が何でも明日までにひよこを見せろ。そしたらほんとの弟子として認めてやる」と言って、無理矢理に僕の小指と自分の小指を絡めた。

「約束だ」

◇

涼風の吹く人の少ない朝の町を、僕はあてもなく歩いていた。

朝食を取る気には到底なれず、どん詰まりの気分を少しでも晴らすためにふらふらする。あの後、ウカさんは帰ってきただろうか。乱暴なことをしてしまい、申し訳ない。

『時の鐘』と呼ばれる、三層構造の鐘楼に差し掛かった。楼をくぐった先の広場から、絶え間なく風の吹き出す音がしている。そのまま通りを東に行くと、馴染みの銭湯の前で、番台のおじさんと会った。おじさんは朝顔の鉢植えに水をやっており、僕に気づくと「おや十字んとこの」と手を上げた。

このおじさんは、元動物職人であるらしい。そこそこ腕も良かったけれどお尻を馬に蹴っ飛ばされて十二針縫うことになったのがトラウマになって辞めたんだと、いつか湯船に浸かっている時に師匠が教えてくれた。

「こんな早くから散歩かい？　まあ陰鬱な顔しちゃってどうしたの」

おじさんは気軽に言った。

自分の力でなんとかしなければと思っていたが、今は意地を張っている場合ではない。

僕は、藁にも縋る気持ちで尋ねた。

「おじさん。ひよこを創るにはどうしたらいいんでしょうか……？」

「ひよこ？」

おじさんは不思議そうに首を捻る。

「ひよこなんか創れんよ」

えっ、と思わず声が出る。

「創れない？」

「ああ。基礎動物は技じゃ創れない。業者から買うしかないよ」

——その時、初めて考えが至った。

師匠は最初から、僕に稽古をつける気なんてない。

永遠に解けない課題を前にうんうん苦しむ僕を放っておき、然るべき時にあの約束を告げ、それを僕が守れず諦めて家を出るのを待っていたのだ。

そう察した途端、ぐらぐらと怒りが湧いてきて、体が熱くなった。

なんて——なんて意地悪な大人だろう！

「おじさん、一風呂浴びて良いですか？」

「まだ開店してないから駄目だけど？」

僕はポッケからがま口を出しておじさんに小銭を握らせ、ずかずかと銭湯に入った。

「いや駄目だけど⁉」と驚くおじさんを背に、脱衣所で服を脱ぎ捨て全裸になり、まだお湯も張っていない、デッキブラシも片付けられていない浴場のシャワーで頭から水を被った。

全身を刺す冷たい刺激に目を閉じると、脳裏にある男の姿が去来する。「やーいバーカ貧乏人の果物野郎、お袋と一緒にとっととくたばっちまえ～！」と罵声を吐きながら、うちの林檎を踏み潰す、御法川（みのりかわ）である。

そうだ。

何があっても、農園を取り戻すと決心したじゃないか。

師匠に稽古をつける気がなかったとしてもいい。

でも、カモノハシを生み出したその技だけは、しっかり盗ませてもらう。

僕はまだまだ、彼と共にいなければならないのだ。

「ちくしょうが！　ひよこを見せりゃいいんだろ、見せりゃ！」

浴場を出て体を拭き、脱ぎ散らかしていたままの服を着て、僕は駆け出した。

濡れた髪から雫が落ち、後方へ流れていく。徐々に目覚めてきた町を過ぎ、やがて師匠の家が見えてきた。玄関の前で息を整えていると、郵便局員の原付が通りかかった。局員から受け取った封筒は僕宛てだ。差出人は母である。

僕はその場で封筒を破って、収められていた手紙を読んだ。

『連絡をもらえて安心しました。

十字さんのお弟子さんになれて、本当に良かったね。迷惑をかけてない？　あなたはお母さんに似て、何かにのめり込むと周りが見えなくなるところがあるから、ちゃんと師匠の言うことを聞いて、何事も落ち着いて取り組むのよ。

農園のことは心配しないでね。お母さんは元気だから、今年もきっと美味しい林檎をつくってみせます。収穫できたらそちらにも送るね。くれぐれも体に気を付けて。

　それじゃあね。

　母より。

　追伸

懼(おそ)るるなかれ。』

絶対に負けない。一歩たりとも退かない。

「ちょっといいですか！」

　僕が大音声を上げて居間に入った時、師匠はウカさんとお茶をしていた。ウカさんが戻ってきていて安心したが、またもびっくりさせたようで彼女はひっくり返ってしまった。その周囲には早朝に庭で見た四羽のひよこがいて、彼女と同じようにひっくり返っていた。

「んだよ、うるせえなあ」

「師匠。これから僕と来てください」

「は？　どこに」

「いいから」

僕は師匠の腕を取って立たせ、強引に家の外へ引っ張り出した。何事かとウカさんも後に続く。

「おいおい、なんだっつーんだよ」

僕は答えずに、師匠を連れて町を行く。

やがて中学校の裏、生垣に穴が開いている場所に到着した。

少し向こうで「レレレのレ〜」と歌いながら掃き掃除をしていた用務員のおじさんに、校内に入ってニワトリ小屋を観察させてもらう許可を得た。

「師匠、ひよこを見せます。あの隅でじっとしている牝鶏を見ていてください」

あの牝鶏は、おそらく、卵を温めている。

おじさんが近づくと嫌がったのは、そのためだ。

そして、未だ牝鶏が動いていないのは、まだ卵が孵（かえ）っていないからこそ。

「おい、小僧。まさかあのニワトリがひよこを孵すまで待てってのか?」

師匠は鼻で笑った。

僕は頷いた。

「馬鹿め。いつ生まれるかわからんだろ」

いや、わかる。

ニワトリの卵は、必ず二十一日前後で孵化する。

おじさんは、確かにこう言っていた。

あの牝鶏は、ああしてほとんど動かなくなってから三週間くらい経った、と。

小屋の中を見るに、まだ雛が孵った様子はない。

ならば、タイミング的には……「今」なのだ。

「師匠は、ニワトリの卵の孵化日数をご存じですか?」

「知らねえよ、んなもん」

「僕は学んで知っている。その知見が、今日こそ孵ると叫んでいるのです!」

「……あのな。もしあの牝鶏の下に卵があって、その卵が奇跡的に今日中に孵ったとして、それでお前がひよこを創ったってことにはならんだろ。そんなもんを合格と言えるか」

「いえ、師匠はこう仰いました。『ガタガタぬかす前に、俺に生まれたてのひよこを見せてみろ』。『何が何でも明日までにひよこを見せろ』と」

「それがなんだってんだよ。なんにも不自然なこと――」

　僕は師匠の言葉を遮って、彼にひとさし指を突き付けた。

「いいですか、師匠！　師匠は僕に、一度たりとも『ひよこを創れ』とは仰ってません！　僕に出された課題は『生まれたてのひよこを見せること』なんです！」

　師匠はあんぐりした。

「あのなあ、そんな屁理屈通るか！」

「い～やおかしい！　師匠は確かにその条件で僕と指切りした！　男が約束を破るんですか！」

「む⁉　む、むぐぐ、約束……！」

　少しだけ葛藤するような時間があったが、しかし師匠は左右に首を振り、「いや、知らん知らん知らん！」と言って、その場を立ち去ろうとした。

　その時、わずかに師匠がつんのめった。

　振り返った師匠の視線の先にいるのは、ウカさんだ。

　彼女は師匠のシャツの裾を引っ張って、頭ひとつ低いところから、師匠の顔をじっと見つめていた。

　師匠は「ぐぬぬ」と呻（うめ）いて地団太を踏み、バリバリと頭を掻きむしり、観念したよ

うにその場にどっかとあぐらをかいた。僕を見上げて鼻を鳴らし、

「いいか、小僧。今日中だ。今日中にひよこが生まれなかったら、すぐにこの町から出ていくんだぞ！」

僕は頷いた。

この勝負は、僕に動物の知識がなければ決して挑めなかったものだ。僕の積み重ねてきた時間には、必ず意味がある。

努力は人を裏切らない。そう信じる他にない。

懼るるなかれ。

僕は己の将来を、まだ本当にあるのかも判然としていない、牝鶏の下の卵に賭けた。

それからどのように僕が正式に師匠の弟子となったのか、多くは語らなくてもいいだろう。

僕が賭けに勝った時、あたりはすっかり暗くなっていた。それまで不審者と間違われて教師陣が駆けつけること一度、通報されておまわりさんが駆けつけること一度、夜回り自警団に詰問されること二度、幾度の困難を乗り越えた先の孵化は格別のもの

だった。

用務員のおじさんが照らす懐中電灯のライトの中、牝鶏がそわそわと動き出し、ひびの入った卵が露わになる。殻を破ろうと、一生懸命に蠢くひよこの足が見える。どくどくと脈打つ心臓がわかる。命の輝きで、小屋の明度が増していく。気づけば師匠を除く全員でニワトリ小屋の金網にしがみつき、「がんばれ、がんばれ！」と声援を送っていた。

生まれたばかりのひよこは、それはそれは小さく、そして琥珀の塊のように美しかった。

ぴよぴよと牝鶏に寄り添うひよこを前に、僕は飛び上がって喜び、用務員のおじさんは万歳をし、ウカさんは拍手をし、「魔法みたい」と呟いた。

「師匠。ひよこが生まれました」

僕は、あぐらに頰杖をついてぶすっとしている師匠に声をかけた。

その時、ふと僕のお腹から、ウシガエルの鳴き声のような音がした。朝に家を飛び出してから何も食べていないことに気づき、今になって空腹感が襲ってきた。

師匠は立ち上がってお尻をはたいた。

肺の空気を全部吐き出すようなため息をつき、しばらく黙っていたが、ふと口を開いた。

「小僧。名前は」

僕は答える。

「ナギです」

「ナギ」

師匠はフンと鼻を鳴らし、

「とりあえずメシだ」

第二章　ガオたん

人生で一度だけ、殴り合いの喧嘩をしたことがある。

小学四年生の初夏、五時間目の授業での出来事だ。

その時、僕たちは化学変化と状態変化の違いを観察する理科の実験をしていた。僕が自分の班でガスバーナーの空気調節ねじをいじくっていると、ふいに大きな声が届いてきた。

「ナギの親父さあ、ジョウハツしちゃったんだって！」

顔だけ動かして見ると、向こうの班にいる御法川が、顎を上げて小汚い笑みを浮かべていた。

「ジョウハツ」という言葉にはふたつの意味がある。ひとつは液体が気化する現象のこと。もうひとつは、人が家を出て行方不明になることだ。

実験の最中にあるのが幸いして、クラスメイトたちはその言葉をまだ後者の意味として捉えていなかった。ただ、近所のおばさんたちの井戸端会議でひそひそと漏れ聞こえたことでその意味を調べ、人一倍「ジョウハツ」に敏感だった僕は、頭に血が昇るのを感じた。

「ナギの親父は液体なの？」

クラスメイトのひとりが、御法川に尋ねる。

「そうじゃなくて、ナギの親父はさあ――」

僕は実験の手を止めて、御法川のところへ行った。「なんだよ」とにへら笑いを浮かべる憎たらしい顔を睨みつける。

「どういうつもりだ」

「だってほんとのことだろ？　お袋から聞いたもんね」

「いちいちみんなに言う必要ないだろ」

「え？　お父さんが家を捨てて出ていっちゃったこと、みんなに教えちゃまずかった？」

御法川は大仰に言って、わざとらしく手のひらを口に当てた。

ざわ、とクラスメイトたちに驚きの波が広がった。

御法川の班のビーカーと僕の頭が沸騰したのは、ちょうど同じタイミングだ。気づいた時には僕と御法川は取っ組み合いになり、床を転がって無様な喧嘩を始めていた。

先生が僕たちを止めに来るまでのことは、あまり覚えていない。当然授業は中断になり、僕と御法川は保健室に連れていかれた。

「お前ら、今日は帰れ！　謹慎早退！」

担任の体育教師は言った。

「親御さんに迎えに来てもらうからな。恥ずかしさに打ちひしがれて猛省しろ！」

最初に来たのは、御法川の母だった。信じられないことに上下紫色のスーツを着た、典型的な成金の母であった。彼女は保健室に入るなり、「忠雄ちゃん！」と叫び、涙ながらに御法川を抱きしめた。「大丈夫だった？　ああ、こんなにどこそこ腫れちゃって！」

続いて、僕の母もやって来た。

急いで来たのだろう、つなぎ姿だった。母は僕を見て、それから御法川を見た。ソファに座る御法川と目線を合わせて、「大丈夫？」と言った。

「大丈夫じゃないでしょ！　あんたんとこはいったいどういう教育してんのよ！」

熟れたトマトみたいな顔をして、御法川母が唾を飛ばす。

「申し訳ございません」と、母は頭を下げた。そのまま横目で僕に合図する。ソファから立ち上がり、僕も頭を下げた。

「そんな謝罪で許されると思う？　あんたんとこに金貸してやってんのが誰だか、わかってんの⁉」

頭を下げたまま、僕は唇を噛んだ。

どうしてできたのか、そしてどれくらいの額なのかは知らない。ただ、父が何もかもを捨てて逃げ出すくらいの借金が、うちにはある。その借り入れ先というのが、この大地主・御法川グループの運営する銀行だった。

「申し訳ございません」

母はもう一度言った。

「絶対に許さない。この落とし前はつけてもらうから！」

そうして御法川母は息子を連れ、保健室を出ようとした。

その背中に「ちょっと待って」と母は声をかけた。

「こちらへの謝罪がまだです」

御法川親子が、ぽかんとして振り返る。

「子の喧嘩は、親が謝り合ってちゃんちゃんでしょう。大事なうちの子に怪我させた謝罪、張り切ってどうぞ」

母は、真っ直ぐに御法川親子を見つめていた。

御法川母はみるみる怒りの表情を浮かべ、言葉にならない怒声を口の中で転がし、出口の詰まった悪態からかろうじて「この貧乏人が！」と捨て台詞を選んで、そのまま保健室を後にした。そしてこの一件をきっかけに、御法川は異常なまでに僕に執着するようになった。

それから、僕と母も帰路に就いた。

何をどう言えばいいのかわからず、僕は黙っていた。母もまた黙っていた。

夕日の差す銀杏の並木道に出て、ふいに母が口を開いた。

「懼るるなかれ」

「え？」

「私、よくそう言うでしょう？　この言葉はね、私のお父さん——ナギのおじいちゃんが教えてくれたの。ほら、おじいちゃんは昔ボクサーだったたって話、したでしょ？」

「した」

「おじいちゃん、とっても背が低くてね。同じ階級の選手と戦う時でも、自分の方が一回り小さかったの。だからいつも、相手のことが大きな壁みたいに見えたんだって。そんな壁がどかんどかんパンチ打ってくるんだからたまんないよね」

母は遠い目をした。

「でもね、おじいちゃんは最後までボクシングを続けた。いつも試合前に『懼るるなかれ』『懼るるなかれ』って呟いて、自分に暗示をかけてリングに上がったのね。その言葉は、相手を恐れるなって意味じゃなくて、挑戦を恐れるな、って意味なんだってさ」

僕は、写真でしか知らない祖父の姿を思い描いた。

「お母さん、それからその言葉が大好きになっちゃって。もう完全に座右の銘」

どうして今、母がその話をしたのかわからなかった。

僕が黙っていると、また母が言った。

「農業っていうのは、つまりバクチなのよね」

僕は母の顔を見た。

母も僕の顔を見た。

「天候とか作物の出来とか、簡単なことで結果がすんごい左右されちゃう大バクチ。うちは今、ちょっとそのバクチに負け続けてるだけ」

「うん」

「でもね。バクチっていうのは、自信を持って賭け続けていれば、必ず当たる時が来るの。うちの林檎が世界的なブランドになって、もう買い手がついて仕方なくて、お金の苦労なんて吹き飛んじゃうような大当たりがきっと来るって、お母さんは思ってる。だって、うちの林檎はとっても美味しいもの」

母は微笑んで、手を差し出した。

僕は、爪に土の食い込んだその手を取った。

「何も心配しなくていいからね。お父さんが帰ってくるまで、あの農園はお母さんが守るから」

僕と母は、手を繋いで歩いた。

暮れる空に、カラスの親子が帰っていくのが見えた。

「ごめんなさい」と僕は言った。

「よし」と母は笑った。

梅雨が明け、川越の町には夏の気配が漂い始めた。

師匠の家に厄介になってから、早三か月が過ぎていた。

三か月も一緒に過ごせば師匠の人となりにもだいぶ見当がつくというもので、僕は改めて彼の気質や性格を理解した。

まず、師匠はとても面倒臭がりだ。

「まあいいんじゃね」を口癖に、運否天賦（うんぷてんぷ）を信仰して大概を適当に片付ける。指摘しなければ髭も髪も伸ばしっぱなし、物は散らかり庭荒れまくり、便座の蓋も下ろさない。

だというのに、ことがグッズに関すると几帳面になるのが面白い。

業者からぬいぐるみのサンプルが上がってきた時なんかは、「尻尾の曲線が決まってねえ」と言って突き返したりする。素人目にはどこがどうおかしいのかさっぱりわからない。自身でデザインしたクリアファイルが来た時も、「これは青色！　俺が基調に頼んだのは露草色じゃろがい！」と激怒する。「マジカル・カモちゃんは絶対に露草色じゃなきゃ駄目なんじゃい！　でなきゃカモちゃんのつぶらな瞳の魅力が半減なんじゃい！」と文句を垂れる。青色か露草色かなんてパスタかスパゲティかくらいの違いしかないじゃんと僕は思う。

それから、師匠は口が悪い。

語るのも憚（はばか）られるような汚い言葉を平然と使う。五十二にもなってその物言いは若造の僕からしてもちょっときつい。天涯孤独で生きてきた人の口内には言霊を黒く染める悪い虫でも住み着くのだろうか。ウカさんと一緒にいることで、日に日にマシになってはきているが。

そして、師匠はもう全然、新種を生み出そうとしない。

グッズ開発ばかりに熱を上げて、収入を既存の知的財産権に依存しているのは明らかだった。

彼の年表を紐解けば、二十でデビューしてから十七年間は第一線で手腕を振るってぶいぶい言わせていたはずだ。

それがある作品を最後に、さっぱり新作動物の発表をしなくなってしまった。

その最後の作品こそ「カモノハシ」である。

◇

動物職人の歴史は古く、二千年以上も前から続いているという。

とりあえず創っとけ精神で築かれた「深海魚時代」。生み出される動物の狂暴性から国連によって早々に閉じられた「恐竜時代」。そして現代の「鳥類・哺乳類時代」。時の流れと共に、職人の生み出す動物も変化してきた。

伝統と格式ある職人文化において、革命を起こした人物がふたりいる。

鬼才・石井十字。

天才・岡本大朗。

ふたりは同時期に、これまでの常識を覆すセンセーショナルな作品を発表した。今から十五年前、僕は当時まだ三歳だったが、何やら世間がお祭り騒ぎになっていた空気をぼんやりと覚えている。

まず、師匠のカモノハシが世間を仰天させた。

昆虫、爬虫類、両生類、鳥類、哺乳類……いったいどこの種に区別すればいいのかわからない、どこにも当てはまらないこの不思議な動物は、「アバンギャルドにもほどがある」というキャッチコピーで動物ファンの熱狂的な支持を欲しいままにした。

それに続いて大朗氏が発表したのは、「ジャイアントパンダ」である。

脊椎動物門、哺乳綱、食肉目クマ科……動物学的にみれば何の変哲もないこの作品が現在もなお大衆の心を掴んで離さない理由は、何よりその「見た目」の可愛らしさ。

それまで動物のカラーリングというものは、大して重要視されていなかった。極彩色の派手な鳥を創り出す職人もいたが、そういう連中はえてしてアートアートしており、世間に受け入れられていなかった。オシドリやらギンケイやら抽象絵画のような鳥をもって「これがセンスなんだよチミ？」と言われても、世間の大半は芸術性よりわかりやすさを求めているので、押しつけ感満載の自己満足的なデザインが鼻についたのだろう。

単純なモノトーンだというのに、パンダの超絶な配色ときたらない。

基調となる白い頭の上に、オレオみたいなまあるい耳。クマという動物の恐ろしさを微塵も感じさせないのは、目の周りに置いた黒がたれ目を印象づけるからだ。肩回りと両足だけをまた黒く染めることで、拮抗するオセロの勝負のように飽きさせない。

素人ならここで尻尾まで黒くするが、大朗氏はあえてそれをしないことで、黒によって締まった色調に遊びを持たせ、鼻先からお尻にかけての絶妙な抜け感を表現した。

あまりに大胆すぎるそのデザインは、一歩間違えばただのマヌケだ。

それを見事に成立させたからこそ、大朗氏は天才なのだ。

更に大朗氏は駄目押しとばかりに、パンダに「竹食性」と「鈍臭さ」を与えた。天才的なデザインのふわふわした動物が、笹を食べながらすべり台からころころ転がってきて、人気が出ないわけがない。パンダの登場は世界中を震撼させた。その愛くるしさからパンダは瞬く間に大人気となり、カモノハシ以上に広く世間に受け入れられることとなった。

もちろん、これは動物職人界においても相当な衝撃だった。大朗氏の後に続けと、プライドもへったくれもない職人たちがこぞってパンダを模倣した配色の「マレーバク」や「シャチ」といった動物を発表したが、やはり二番煎じは二番煎じ、彼らはパクリ野郎の烙印を押されて鳴かず飛ばずで終わっていった。

そして、そういう物真似が出れば出るほどパイオニアの評価は上がる。

今や大朗氏は、動物職人界における重鎮も重鎮。日本人初のＩＤＣＵ会長としてその地位を不動のものにしており、動物万博で開催されるコンテストの審査員長も務めている。

大朗氏は言う。

「芸術は爆発じゃん」

脳天に風穴を開ける前衛的なカモノハシと、常人なら逆立ちしたって思いつかないパンダ。
鬼才と天才——両雄が活躍したその時代は、まさに職人史における黄金期と言えるだろう。

昨夕から大雨が続いていたが、今朝になってようやく止んだ。

寝室の窓を開いて外を覗くと、洗われたような夏の青空が広がっていた。でこぼこの路地にたくさんの水溜まりがあって、朝日を受けてきらきらと輝いていた。

僕は背伸びをして、瑞々しい空気を肺いっぱいに吸い込んだ。

朝食後の後片付けをしている時、母から宅配便が届いた。

大きな段ボールで、いやに重い。玄関の上がり框で開けてみると、林檎やら林檎ジャムやら林檎ジュースやら林檎のお菓子やら小物やらがてんこ盛りに入っていた。添え文には『みなさんでどうぞ。母』とある。食べ物はありがたいが、八幡馬やでんでん太鼓や不気味な厄除けグッズは凄くいらない。

そうして段ボールの中身を確認していると、後ろからウカさんが覗き込んできた。窺うと、彼女はあるものをじーっと見つめている。

厄除けグッズのひとつ、般若のお面だ。

「気になる？」

僕が言うと、ウカさんは頷いた。

「あげるよ」

僕が般若のお面を渡すと、ウカさんはまるで宝物をもらったように瞳を輝かせ、大事そうに持っていった。あんなもののどこが彼女の琴線に触れたのかはわからない。

それから台所で届いた食品をしまっていると、すっかり身支度を整えた師匠がやって来た。

「おい、準備できたのか？」

「あとちょっとです。九時半には出られます」

師匠はフーンと鼻息を吐いて、調理台の上に置いてあった『林檎らっせら』をひとつ食べた。

今日はこれから、この町の近くにある緑地公園で行われる「デザインマーケット」に赴く予定である。これはアーティストのフリマのようなもので、ＩＤＣＵが協賛しており、僕たちも「十字商店」として出店することになっていた。そこで初お披露目になるカモノハシグッズを即売するのだ。

「ねえ、師匠。お店の手伝いが終わったら、本当に稽古をつけてくれるんですよね」

「うるせえな。そう言ってるじゃねえか」

もう自ら動物を創ることのなくなった師匠は、職人の技について口頭であーだこーだ教授してくれることはあっても、「グッズ開発が佳境で忙しいから」という理由で、実践での指導を全くしてくれていなかった。だから僕は、丸めたタオルや紙粘土を使って自主練こそしているものの、一度も本物の動物をこねたことがない。

「僕、早くプロの職人になりたいんです」

「俺だって、さっさとお前をいっぱしのもんにして稼いでもらいてえよ。いくら家事を任せてるからって、これ以上タダ飯喰われてちゃたまんねえ」

その口ぶりに、僕はムッとした。なら早く技を仕込んでくれと思い、とっさに言い返す。

「師匠、ほんとはもう動物創れないんじゃないですか？」

「何？」

「カモノハシで燃え尽きて、枯れちゃったんでしょ。だからグッズばっか作るんだ」

師匠も明らかにムッとした。

ふと廊下から、一羽のニワトリの大びながやって来た。ウカさんが大福から生み出したひよこが成長したものである。嘴（くちばし）の先が少し欠けているから、あれは牝鶏のピヨ子（ウカさん命名）だ。

ウカさんを探しているのか、ピヨ子はピヨピヨきょろきょろしている。

師匠はおもむろにピヨ子を摑み上げて手のひらに乗せ、ツボを入れてから、じっと目線を合わせた。

ピヨ子は「?」という顔で、師匠を見つめる。

しばらく見つめ合った後、師匠はいきなり、ピヨ子の嘴の先に「ちゅっ」とキスをした。

それからピヨ子をゆっくり床に下ろし、高い位置からまたじっと見つめた。

ピヨ子は何が起こったのかわからないというふうに呆けていた。しかし、自分が何をされたのかようやく気づいて、みるみる顔を赤くしていった。

ピヨ子の乙女な瞳が潤んでいく。

師匠はそんなピヨ子に、甘く、優しく、ダンディズムに溢れた微笑みを向けた。

その笑顔に、ピヨ子はドキッとしたように身を震わせる。顔だけでなく全身を赤くする。「お願い、もう一度」と言うように、儚(はかな)げに目を閉じ、師匠に向かって「ん〜」と嘴を突き出した。

変化が起こったのはその時だ。

ピヨ子にとっては、遥か高いところにある師匠の唇。その唇と嘴を重ねるべく、彼女は一生懸命に背伸びをした。すると、彼女の両足がまるでハシゴのようにぐんぐん伸びていく。突き出した嘴が長くなる。そのまま彼女はにょきにょきと身長を増し、全身の赤みを増し、首を伸ばし、やがて師匠の腰のあたりにまで大きくなった。

そのピヨ子の姿は、疑いようもなく、まっかなフラミンゴだった。

「誰が枯れたって?」

キスをせがむフラミンゴの頭を撫でながら、師匠は言った。

◇

僕たちは、電車とバスを乗り継いで森林公園へ赴いた。よほど気に入ったのだろう、ウカさんは般若のお面を頭の後ろにつけていた。

まばらな雲が青空に残り、ひんやりした風が吹いていた。芝生が雨水を弾いて光っている。あちこちに水溜まりがあった。

マーケットの会場となる一帯には、タープテントが並び立っていた。焼き鳥やたこ焼きといった出店もある。「十字商店」に宛てられた出店スペースへ行くと、うず高く段ボールが積み上げられていた。業者から搬送されたカモノハシグッズだ。

僕たちはてきぱきと設営を済ませた。どこからか『十一時になりました。一般のお客様の入場を開始します。デザインマーケット、盛り上げていきましょう!』という放送が聞こえてきて、参加者たちが拍手をした。

開場してすぐ、師匠のブースには行列ができた。石井十字本人からグッズを買える、それも新作となれば熱心なファンが押し寄せるのは当然で、僕とウカさんは必死になってお客さんを捌いた。手伝ってくれればいいのに、師匠は僕たちの後ろで腕組みし、無言でうんうん頷きながら飛ぶように売れるグッズを満足げに眺めていた。そうしてファンと写真を撮ったり握手をしたりサインを書いたり、弟子の気も知らないで実に楽しそうだ。

二時半を回って、ようやくお客さんの波が落ち着いた。

僕とウカさんは、へたり込んで息をついた。

「ご苦労」

ファンからの差し入れのイカ焼きを食べながら、師匠は言った。

「あとは俺ひとりで何とかなるだろう。ふたりで散策でもしてこい」

師匠は売上金から五千円札を抜き、会場内のパンフレットと共に僕に渡した。

「四時までに戻ってこいよ。撤収があるからな」

「わかりました」

「約束だぞ。四時までだぞ」

僕とウカさんはブースを出て、マーケットの見物に出かけた。

◇

出店で買った焼きそばを食べてから、僕たちは会場を見て回った。

オリジナルのマジックグッズのお店、将棋盤専門店、テラリウム即売、コスプレの衣装屋などなど、さすがはデザインのお祭りというだけあって多彩なブースが並んでいる。どれも個性的で関心を引くが、中でもとりわけウカさんが興味を示したものがある。『超電導ラボ』というお店だ。

「いらっしゃい」

僕たちがブースに入ると、牛乳瓶の底のような眼鏡をかけた白衣の男性店主が微笑んだ。

ブース内には、なんだか陰鬱でじめじめした空気が満ちている。店主の前にはテーブルがあり、その上に、短い脚のついた大きなドーナツのような円盤が置いてあった。

「ここは、みんなに超電導の凄さを知ってもらって、研究のカンパを募るためのお店だよ。きみたちは超電導って好き？」

「はあ……たぶん？」

僕とウカさんが同時に首を捻ると、店主は「じゃあもっと好きになってもらおう」

と言って、ガサゴソと準備を始めた。

「ほら、これをごらん」

店主は、しゅうしゅうと煙を噴く、丸いめんこのような石をピンセットでつまんで見せた。

「これは超伝導体。液体窒素で冷やしてあるよ。これをね、そこのコースに乗せると……」

店主が、ドーナツ型円盤に石を乗せる。

すると摩訶不思議、石がひとりでに動き出し、ドーナツの円周をくるくるとなぞり始めた。

「わ！」と、僕とウカさんの声が重なった。

「浮いてる！」

そう。どういうわけかその超伝導体とかいう石は、円盤に接地せず、一定の高さで浮いたまま走っているのだ。

「凄いだろう？」

店主は得意げに言った。

「この円盤には、ネオジウムっていうとても強い磁石を並べてある。超伝導体が臨界以下の温度になると、マイスナー効果ってやつが生まれてね。超伝導体から磁束が遮断されて、磁気浮上が起こるんだ。だからこんなふうになるんだよ」

よくわからないが、とにかく磁石は凄いってことだ。

ウカさんはぱちぱちと拍手をし、カンパ箱に五百円玉を入れた。「ありがとう。この研究はいつか必ずみんなの役に立つからね」と、店主は笑った。「きみの般若のお面、とっても素敵だよ」

それから僕たちは、またぷらぷらした。

朝の涼しさはどこへやら、からりと晴れてとても暑い。

僕たちは途中にあった移動販売車でおやつを買い、キッズひろばのベンチに座った。ウカさんはソフトクリームを一生懸命にぺろぺろと舐め、僕はフランクフルトを齧った。

近くにすべり台やジャングルジムなどの遊具があり、子どもたちがはしゃいでいる。大きな砂場でお城を作っている親子がいて、ウカさんはそれをじーっと見つめていた。ソフトがコーンを伝ってぽたぽたしているので「溶けてる」と教えると、ウカさんは慌てて舐めた。

僕もなんとなく砂場のお城を眺めていると、ベンチの脇に立っているスピーカーから放送があった。

『この後三時から、西口広場で、動物職人さんによる動物づくり体験と、実戦のデモンストレーションイベントがあります。無料で参加できますので、ぜひお集まりください』

「やった！」と、僕はついついベンチを立った。

職人の技を間近で見られるイベント。しかもタダ！

一人前を目指す僕にとって、これ以上の教材はない。

パンフレットで西口広場の位置を確認して、

「行ってみよう！」

僕が言うと、ウカさんはこくりと頷き、急いでコーンを口に詰めた。

キッズひろばからほどなくのところにある西口広場は、既に大勢の人で賑わっていた。

音響機材を入れたテントが立っていて、その両脇に大きなスピーカーがある。人垣の中心に、簡易的なプロレスのリングが設置されている。あのマットの上で動物づくり体験が行われるのだろう。コーナーポストの近くにふたつの大きなバスケットが置かれていて、ひとつからは数匹のオオカミの子どもが前足をかけて顔を出し、もうひとつからはニャーニャーとヤマネコの子どもの声がしていた。

　僕たちは具合のいい場所を確保して、開始時刻を待った。

　三時を回り、八名の動物職人たちがリングに上がった。その中のひとり、藍色の作務衣を着たお姉さんがマイクを取る。

『本日の司会を務めます、動物職人の青宮（あおみや）と申します！』

　溌剌（はつらつ）と言って、青宮さんは頭を下げた。

『これから、動物づくり体験を始めます。私たちと一緒に、オオカミの子どもを色々な犬種にしてみましょう。とっても簡単ですから、やってみたいお友達は手を挙げてね』

　見物客の中のちびっ子たちが、わいわいと手を挙げる。

『はい、じゃあ呼びもしてないのにリングに上がってきたキミ。お名前は？』

　青宮さんは、洟（はな）を垂らした男の子にマイクを向けた。

『しんたろうです。ろくさいです』

『しんたろうくん。お姉さんと一緒に、オオカミをワンちゃんにしてみよっか』

　青宮さんが目くばせをし、職人のひとりがバスケットから一匹のオオカミの子どもを連れてきた。

　ぬいぐるみみたいなオオカミの子どもは、ころころとリングを走り回る。青宮さんはしんたろうくんの手を取って、彼と一緒にオオカミの頭を優しくこねた。『まずは、ここをこうしてツボを入れるの』と、難なくオオカミをべろべろにする。

『じゃあ、お姉さんと一緒に国歌を唄って、オオカミに聞かせてあげよう。国歌わかる？』

『わかる！』

『では、お集まりの皆さまも一緒に唄ってください。さん、はい』

青宮さんが指揮棒のように指を振る。見物客たちは目を閉じ、「♪き～み～が～あ～、よ～お～は～」と、厳かに合唱した。

ぴくん、とオオカミが反応する。

国歌の第二節目くらいで、オオカミはぷるぷると震え出し、「あおーん」と遠吠えをした。そうして歌が終わりに近づいた時、オオカミの体はぎゅっと握ったスポンジがじわじわと元に戻るようにして、日常生活でよく目にする犬の姿になっていた。

『はい、柴犬の完成で～す』

青宮さんの言う通り、リングの上でへっへっへと舌を出し、楽しそうにぴこぴこと尻尾を振っているのは、さっきまでオオカミだったはずの柴犬だ。

「わあ、かわいい！」

しんたろうくんが、嬉しそうに柴犬を抱きしめる。

『国歌を聞かせて愛国心を芽生えさせることで、新しい種に変化させました。この手法は「心理的技法」といいます。柴犬は日本を代表する犬ですからね。この子の心に国歌が響いた結果です』

青宮さんは、柴犬の頭を優しく撫でた。

『上手に唄ってくれたしんたろうくんに拍手〜』

なるほど、動物は合唱でも変化するのか……これは知らなかった。

せかせかとメモを取っていると、次のお友達がリングに上がった。

はなちゃん七歳は、青宮さんと共にグレーハウンドを生み出すという。しかし緊張してしまったのか、青宮さんがツボを入れたオオカミの子どもの首を、はなちゃんはヘッドロックを決める感じで思い切り右にゴキリと回してしまった。本当は首を引っ張って上に伸ばさなければいけなかったのだ。

首が右になったままで固定されたオオカミは、そのままてけてけと斜め右に歩いて行き、コーナーポストにぶつかって転倒。右向きに寝たまま両手両足をわきわきさせ、やがてその場でぐるぐると右回りを始めた。『失敗するとあんなふうになりま〜す』と言って、青宮さんはオオカミを抱きかかえ、何事もなかったようにクキッと首を元に戻した。

体験コーナーはそれで終わり、いよいよ職人たちのデモンストレーションが始まった。

これまでの初歩的な動物創りではなく、プロとしての本格的な技が見られるのだ。僕は一層に集中した。

まず、ひとりの職人がリングの上に白いヤギを連れてきた。二本の角と滝のような髭が素敵だ。

ヤギは、オオカミの子どもに一週間ほど老人語のみで接すると創り出せる動物である。ちなみに、オオカミの子どものエサの中に「さっきのてがみのごようじなあに」と書いた手紙をちぎって交ぜ与え続けると、黒ヤギを生み出せる。

職人は、ヤギの頭を撫でてツボを入れた。作務衣のポケットから春巻きのような筒を取り出して、筒のお尻から出ている線にジッポで火を点ける。

『これはダイナマイトです。動物に害のない爆薬を使用しております』と青宮さんが説明する。

職人は、ヤギにダイナマイトを食べさせた。

ヤギは美味しそうにダイナマイトをごっくんし、何事もなかったように立っていた……が、次の瞬間、「ボン！」というくぐもった音と共に、その両耳・両目・口・肛門から白い煙が噴出し、全身の体毛が実験に失敗した博士の頭のようにチリチリになって膨れ上がった。

『はい、ヒツジの完成で～す！』

さっきまでヤギ、そして今はヒツジとなったその動物は、元気いっぱいに「メェェエ」と鳴いた。

動物の生み出し方には、無限のパターンがあると言われている。例えばヒツジなんかは今のように動物に害のないダイナマイトを食べさせることでも創れるし、ヤギを泡風呂に入れてごしごし洗うことでも創れる。道順は違えど辿り着く場所は同じ、うなぎ屋の数だけ秘伝のタレがあるように、その職人ごとの手法というものがあるのだ。

その後も、僕たちはとてもタメになる技巧を目の当たりにした。

ヒツジの毛を刈り、再びヤギっぽく戻した動物の頭に、鉢から取り出した盆栽を載せる。すると、土と根が頭から全身へ染料みたいに浸透し、徐々に体色が茶に変化していく。その動物はいつしか、稲妻のような立派な角を持った、オスのシカになっている。

濡れたねずみの両耳を洗濯ばさみで挟み、物干し竿で天日干しにする。すると最初はぷらんぷらんしているだけだったねずみの体が重力に引っ張られて下膨れし、ちょっとずつ耳が伸びていき、そのうちウサギが出来上がっている。

オオカミの前に、水を張った洗濯桶と洗濯板を置き、シャツをごしごしと洗ってみせる。最初は訝(いぶか)っていたオオカミが、泡立ってくる洗濯桶に興味を持ち始め、「ぼくにもやらせて」というふうに、洗濯桶に前足をかける。そうしてシャツを洗い始めた時には、それはもう完璧なアライグマだ。

「凄い……！」

僕が感動して呟くと、ウカさんもうんうんと頷いた。

職人の生み出した動物たちによって、リング上は動物園のようになった。わいわいと多種多様な動物たちがうろうろしている。見物客たちはしきりに写真を撮っていた。

『次が最後の動物です。せっかくですからスペシャルなのを創りますよ。ちょっとそこ、道を空けてくださいな』

見物客の間に道ができ、向こうからリヤカーを引いた職人がやって来た。リヤカーには、大量のじゃがいもと共に、一匹のでっぷりしたヤマネコが乗せられていた。ヤマネコはじゃがいもを齧って、もっちゃもっちゃと口を動かしている。

職人はヤマネコをリヤカーから降ろし、リングに上げた。

『このネコには、昨日の朝からずーっと蒸かしたじゃがいもを食べてもらっています。いい感じに太っていますよね』

青宮さんはじゃがいもを手に取って、みんなに見せるようにした。

『このじゃがいもは、「メイクイーン」という品種です。メイクイーンで太ったヤマネコは、ある動物に創り変えることができます。見ていてください』

青宮さんは瞬時にツボを入れ、ふんにゃりしたヤマネコをせっせとこね始めた。

そうしてたっぷり三分ほどこねたところで、ある一匹の大きなネコがすっくと立ち上がった。

『猫の巨人と言われる、メインクーンです！』

驚きの声が上がった。

どおんと立つその猫の体長は、ゆうに一メートルを超えている。職人が抱え上げるが、とてつもなく重そうだ。

イエネコの中で最も大きいと言われる種、メインクーン。これまでこの猫の創り方は謎に包まれていた。最初に生み出した職人が、その技法を明らかにしていなかったためだ。

それが、まさかこんなところでお目にかかれるなんて……！

——待てよ。

ということは、あの青宮さんこそが、この世で初めてメインクーンを創った職人……？

その通りなのだった。

『私、実家が農家で。ご近所さんに振舞おうと思って、収穫したメイクイーンをポテサラにしようと大量に蒸かして置いといたら、目を離した隙にヤマネコが食べちゃってたんです。試しにそれをこねてみたら、あら不思議！　新種ができちゃった』

基礎動物を新種に変化させる職人の技法は、「こうすればそうなるだろう」と狙って確立させたものもあるが、実はこの青宮さんのように、その大半が「なんか、こうしたらそうなった」という偶然の発見の方が多いという。先人が築いてきた技巧は、先人が気づいてきた技巧でもあるのだ。

『今日は特別に、この猫の創り方を初お披露目しました。楽しんで頂けましたか？』

指笛が鳴り、大きな歓声と拍手がリングを包む。

青宮さんは嬉しそうに微笑み、頭を下げた。

その時。

リングのすぐ近くから、風船を割ったような、連続した破裂音が聞こえた。

音が上がった方を見ると、テントの脇に置かれていた、小さな発電機が煙を上げている。更によく見れば、発電機の、いかにも重要そうな剝き出しのメカメカしい部分にソフトクリームがぶちまかれており、その傍で小さな男の子がすっぽ抜けた後のコーン紙を手に呆然としていた。

やっちゃったかと思った瞬間、テントの長机にあるミキシング卓の電圧が狂ったのか、スピーカーから火山が噴火するような大爆音のノイズが轟いた。

その場にいる全員が、反射的に耳を塞いだ。

耳を塞げないのは動物だった。

◇

一瞬にしてパニックに陥った動物たちは、リングの上から四方八方に飛び出した。

職人たちが慌てて追いかける。突如として暴走を始めた動物たちに、見物客たちは蜘蛛の子を散らすように逃げ惑った。

「みなさん、落ち着いて！」

青宮さんが生声で叫ぶ。

「みんなが混乱すると、動物たちのパニックも大きくなる！」

職人の卵として看過できず、僕とウカさんも事態の鎮静化に加わった。走り回るタヌキにふたりがかりで飛びつく。跳ねまくるウサギを掬い上げる。腕の中で暴れるのをいさめながら、職人たちに引き渡す。

職人たちは捕獲した動物たちのツボを入れ、片っぱしから大人しくさせた。でれでれした動物たちが、再びリングの上に集まっていく。

そうしてものの数分で混乱は収まったが、まだ全ての動物を捕えきれたわけではない。

「メインクーンがいない」

僕の渡したオオカミにツボを入れながら、青宮さんが呟いた。

「どうしよう。このままでかいネコが会場を走り回ってちゃ危ないわ」

「僕たちが探します」

僕が言うと、青宮さんは「ん？」と気がついたような顔をした。

「そう言えば、あなたたち誰？」

「職人見習いの、ナギとウカです」

「見習い？」

「はい。十字さんのところでお世話になっています」

「え？　十字って……石井十字？」

僕が頷くと、青宮さんはとても驚いた。

「十字さん、弟子取ったの!?　え〜ウソ信じらんない、私断られたんだけど！　弟子を取るつもりはないっつってたのは何だったのよ、あのカモノハシ野郎！」

青宮さんは怒りながら、僕たちにトランシーバーを渡した。

「見つけたら、それでこっちに連絡して。あ、ここと ここのチャンネルはいじらないように」

「わかりました」

場内放送が入る。

『会場内の皆さま、脱走した動物がうろついておりますのでご注意ください』

「他の職人にも協力を要請するわ。さっさと捕まえてあげなきゃね」

青宮さんは、僕たちに拳を出した。

「無理しちゃだめよ。メインクーンは普段は大人しいけど、興奮したら超ひっかいてくるから」

三人でゴツンと拳を当て、僕たちは走り出した。

◇

青宮さんと別れて間もなく、僕たちは早々にメインクーンを発見した。

というのも、メイン会場のあちこちから「わー」とか「きゃー」とか悲鳴が上がるので、その後を追っているうちに居場所を知ることができたのだ。

であるならすぐに捕まえたいところだったが、さすがはネコ科、メインクーンはでかい体にそぐわない俊敏な身のこなしで、僕たちや職人たちをかわしまくる。

行き先におおよその見当をつけ、タイミングを見て曲がり角から飛び出し、出会い頭に捕獲を試みる。しかしメインクーンは風のように僕たちの間をすり抜け、まるで歯が立たない。歯が立たない上に僕たちの興奮が伝わってしまったのか、メインクーンはパニックに拍車をかけて走り回る。フンギャーと鳴きながらとてつもない勢いで方々のテントに突っ込んでいく様子は、まるで巨大な魚雷が船に刺さっていくみたいだ。

そんな縦横無尽なメインクーンが次に突撃したのは、僕たちが訪れた『超電導ラボ』だった。

どかーんぱりーんという音と、「やめてそれは高いものなんだ！」「ああっ、それはダメそれはダメ！」「液体窒素が！」という店主の悲鳴が重なっている。

大急ぎで現場に向かい、テントに駆け込みながら「大丈夫ですか！」と声をかける。

その時、僕は、ちょうどテントを飛び出してきたメインクーンと正面衝突しそうになった。

「うわっ！」

テンパった僕は、手近にあったドーナツ型円盤を咄嗟に盾にした。

するとメインクーンは、ドーナツ型円盤の穴に頭からスポッとはまってしまった。

エリザベスカラーをつけたようになったメインクーンは、再びどこかへ走っていく。

「ああ、私の超電導……」

僕とウカさんは、嵐の去ったテント内でさめざめと泣く店主を励ました。

公園の西にある小学校から、午後四時を知らせる鐘の音が聞こえてきた。お客さんの少なくなった会場で、出店者たちが撤収作業を始めていた。

三人で散乱する実験用具を片付けていると、腰に提げていたトランシーバーが電波をキャッチして、こもった声を吐いた。

『メインクーンが来た！　職人は至急、キッズひろばへ！』

僕とウカさんは『超電導ラボ』を出て、キッズひろばへと急いだ。

まもなく僕たちがキッズひろばに到着すると、青宮さん含む四人の職人が、砂場にいるメインクーンににじり寄っていた。円を狭めるように近づき、じりじりと距離を詰めていく。フーと毛を逆立てるメインクーンに、「大丈夫だからこっちおいで」と、青宮さんが優しく語り掛ける。

追い詰められたメインクーンは、自分の背後にあるジャングルジムのてっぺんに職人がいることに気づいていない。

「今だ！」

青宮さんが言うと同時に、ジャングルジムからメインクーン目掛けて、職人が飛びついた。

全身を押さえられたメインクーンは竜巻のように暴れる。首回りのドーナツ型円盤が邪魔なのか、職人はなかなかツボを入れられない。くんずほぐれつする両者によって、砂煙が激しく立ち昇る。

「突撃ー！」と青宮さんが叫び、距離を縮めていた職人たちが一斉にメインクーンに飛び掛かる。フンギャー！　というメインクーンの絶叫。砂場一帯を覆うほどの濛々（もうもう）とした砂煙が立ち込め、何が起こっているのか様子がわからなくなる。どすん、ばたん、「そっち持ってそっち！」、ギャー！　「いててて！」という声がかろうじて聞こえてくる。

　そして、あまりに突然のことだった。

　正直、これでどうにかなるだろうと安堵していた。しかしその時、砂煙の中から、まるでピンボールのように、三人の職人たちが弾き飛ばされてきたのだ。

　彼らは弾き飛ばされた勢いのまま、ザッサーと地面に滑り込み、ぐったりした。

　僕とウカさんは、近くに飛んできた職人を抱き起こした。

「どうしたんですか！　いったい何が！」

　職人は「逃げろ……」とだけ呟くと、そのまま気を失ってしまった。

　強い風が吹き、徐々に砂煙が晴れていく。

　まず、腰を落とし、低い姿勢で構えている青宮さんの背中が見えた。

　青宮さん、と声をかけようとして、彼女の向こうにいる「何か」に気づいた。

　そのシルエットは紛れもなくメインクーンなのだが、決定的に雰囲気が違う。

グルルと重々しく喉を鳴らすその動物の首回り――ドーナツ型円盤に、黒々した虫のような粒が集まっていく。砂場中からゾゾゾゾと吸い上げられ、黒い波みたいになった粒が動物の首回りで結晶化し、トゲのような形を作った。メインクーンとは似ても似つかない凶暴な表情を浮かべて、その動物は牙を剝き出しにする。体がどんどん大きくなっていく。

「砂鉄だ！」

息も絶え絶えにそう叫んだのは、駆けつけた『超電導ラボ』の店主だ。

「ネオジウム磁石の磁力で、砂場中の砂鉄が引っ付いてきたんだ！」

やがて、変化が終わった。

メインクーンの数倍の巨軀となり、上下に刃物のような牙を持ち、風になびくたてがみを生やしたそれは、どんな図鑑にも載っていない、初めて見る黄褐色の動物だった。

「そこにいる人たち、怪我人を背負ってダッシュの用意！」

こちらを振り向かないで、青宮さんが言う。

新しい種となった動物が、地響きがするほどの咆哮を上げる。

◇

偶然に生まれたその新種は、ただならぬ威圧感を放って青宮さんを睨んでいた。のし、のしと重々しい歩みで、その場をうろうろしている。そのロコモーションを見るに、指行性。爪が収納されているので、メインクーンと同じネコ科だろう。

ということは、走ればおそらく五十キロは余裕で出してくる。

つまり、逃げようがすぐに追いつかれてしまう。

「どういう状況だ！」

遅れていた四人の職人たちがやって来た。彼らは気絶している職人を見てぎょっとし、青宮さんが対峙している動物を見て更にぎょっとした。

「なんじゃありゃ！」

「砂鉄で新種が生まれたんです」

僕は言った。

「気を付けてください。あれはたぶん超狂暴です」

「ああ、見りゃわかる。あんなに野性丸出しの動物は初めてだ」

「あの傲岸不遜（ごうがんふそん）な目つきったらないな。まるで自分こそが動物界の王様だとでも言いたげな」

「しかし、こんな時になんだがありゃ素晴らしいデザインだ。あの立派なたてがみときたらどうだ。往年のロバート・プラントみたいで実にかっこいいじゃねえか」

職人たちは口々に言って、ふむふむと頷いた。そんなこと言ってる場合だろうか。これも動物職人の性(さが)なのか。

「あの……早く青宮さんを助けましょう！」

「わーってるよ小僧、慌てんな」

「もしもと思って持ってきたあいつらが役に立つ」

ひとりの職人が、近くに置いてあったバスケットをくいと親指で示した。中からわんわんと声が聞こえる。数匹のオオカミの子どもが入っていた。

「あいつらをこねて、使えるイヌにする。そのイヌらがあの新種を足止めしている間に、青宮さんを避難させるぞ」

職人たちは新種を刺激しないようにじわじわとバスケットに近づき、オオカミの子どもたちをこねた。新種は相変わらず突き刺すような視線を向け、こちらを窺っている。動くに動けない青宮さんの肩が上下し始めた。新種の一挙手一投足に集中しているための疲労だろう。彼女は、僕たちの盾になっているのだ。

「よし、いいぞ」

オオカミをこねていた職人たちが身を引く。そのうちのひとり、目鼻立ちの濃い職人が、ツボの入ったオオカミたちを前に、どこかの外国の歌を唄って聞かせた。

その歌を聞いたオオカミたちの体が、ゆっくりと膨らんでいく。

「ドイツの国家を唄って聞かせたんだ」

唄い終えた職人は言った。

「大学でドイツ語を専攻しといてホントよかったぜ」

体の膨らんだオオカミは「シェパード」という大型の犬種になって、バスケットから飛び出していった。その数は五頭。グルルと牙を剝き、青宮さんの背後から新種を威嚇する。

シェパードは従順で、とても賢い。彼らは青宮さんを救うために何をすべきかわかっているようだった。

肝心の新種は、五頭のシェパードに敵意を向けられてなお悠々としているように見えた。どこか余裕があるというか、ゴロロと喉の奥で雷鳴みたいな唸り声を転がしながら、泰然としている。王者の風格が漂っている。「お前らなんかいつでもやれるんだぞ」と言っている気がする。シェパードたちも、それを本能で感じているらしい。ワンワンと吠えるものの、一頭も仕掛けようとはしない。

「行け！」とこちらの職人が叫んだ声を上塗りするように、新種の咆哮が重なった。

その一声だけで駄目だった。

シェパードたちはがくがくと両足を震わせ、引け腰になって後ずさりした。ビビり過ぎて、ち～とお漏らしをするものもいる。それでも怯まなかった勇敢な一頭が飛び掛かったが、新種のとてつもないネコパンチを浴びて早々にダウンした。それを見た他のシェパードはなお一層恐怖にすくみ、クゥンクゥンと鳴きながら尻尾を股に挟んでこちらへ戻ってきてしまった。

「これだからドイツ犬は！」と職人が悪態をついた。「悪そうなカリスマに弱いのなんのって！」

その時、新種が青宮さんに襲い掛かった。

青宮さんはすんでのところでそれを避け、右肩から砂場に倒れ込む。その様子に「あっ！」と職人たちが悲鳴を上げる。

僕は青宮さんを助けるべく、あたりを見回した。なんでもいいから新種に向かって投げつけてやろうと、お城を作っていた親子が使っていた小さなバケツを掴んだ。振りかぶったところで、新種と目が合った。

新種が砂を蹴った。

どうどうと砂煙を上げげて、青宮さんではなく、真っ直ぐに僕に向かってくる。

無我夢中でバケツを投げたが、明後日の方向へ飛んでいく。

「弟子くん！」と、青宮さんの声が聞こえた。

新種がガアッと口を開け、僕の頭にかぶりつこうとする。

実際には走馬灯を見る暇などない。ただ、目の前の光景がスローモーションのように映る。眼前で露わになった新種の犬歯を「包丁みたいだ」と呑気に思う。このネコの舌は大きいなあとも思う。

こんなことでこの世から退場するのかと諦めかけた時、新種の口の中に、猛烈な勢いで一羽の鳥が突っ込んできた。

――いや、それは鳥ではない。

上下するその翼は、羽毛がなくてつるつるしている。これは羽ではなく飛膜だ。頭からは、大きな耳が生えている。ねずみのような顔には、黒豆みたいな瞳と鼻がある。

コウモリだ。

新種が怯んでいる隙に、僕はほうほうのていで逃げ出した。青宮さんが駆けつけて、「大丈夫⁉」と僕の顔を覗き込む。

彼女に頷こうとして、視界に入るものがあった。

テントの傍に捨てられていた傘をバサバサと開閉している、ウカさんだ。

彼女が開いたり閉じたりしているうちに、傘が自然と空に浮かび上がっていく。その傘が空中でだんだんと形を持って、コウモリになっている。

無生物から生物を創り出す力。

ウカさんの生み出した無数のコウモリが、新種を覆い尽くしていく。

新種は吠えながら身じろぎをするが、コウモリを追い払えない。

このままいけると思ったが――叶わない。

図ったか図らずか、コウモリの群れの襲撃にたまらず新種が逃げ込んだのは、ジャングルジムの中だった。金属パイプの骨組みが邪魔をし、コウモリたちはたちまち四散して、どうしていいのかわからないように滞空する。

と、そのうち一匹が傘に戻って落ちてしまった。それを皮切りに他のコウモリも一匹残らず傘になってしまい、ドサドサとジャングルジムに降り注いだ。

これを好機とみたのか、ジャングルジムの中から、のっそりと新種が出てきた。

傘の山を踏みしめて、のっしのっしとこちらへ来る――。

――す、と、新種は右方に顔を向けた。

ほんの十メートルほど先だった。

新種の目線の先に、腰を抜かして震えている小さな女の子がいた。

逃げて、と青宮さんが叫ぶ。職人たちが走り出すが、間に合わないのは明白だった。

女の子の母親だろう、若い女性が悲鳴を上げる。伸ばした僕の手は虚空を切った。

新種が、女の子へと近づいていく。

誰もが最悪の展開を想像し、絶望に目を閉じようとした、その時。

ふいに「どろどろどろどろ」と、小刻みに和太鼓を打つような、おどろおどろしいテーマが流れて――そんな幻聴が聞こえるくらい、異様な殺気が漂ってきた。

ビタッと静止した新種が、その気配の方を向く。

向こうのすべり台の近くに、一匹のヤマネコの子どもがいる。

その後ろにウカさんがいて、隣には、殺気の根源になっている人物がいた。

腕を組んで仁王立ちする、石井十字である。

師匠は懐から小型の吹き棒を抜き、持ち上げたヤマネコの子どものお尻の穴に突っ込んで、ゆっくりと息を吹き込んだ。そうしてヤマネコをぷく～っと膨らませていき、全長五十センチほどの大きさにしたところで、ウカさんから般若のお面を受け取り、ヤマネコの顔にかぶせた。

晴れているのに、どこからかゴロゴロと雷鳴が聞こえてきた。

般若のお面をかぶったヤマネコの全身に、ぼこん、ぼこんと筋肉がついていく。頭を起点に、尻尾へかけて、体毛が明るい色に染まっていく。その体色の変化に伴って、あらゆる体のパーツの輪郭が太くなり、さっきまでとは比べ物にならないくらいの存在感を持った。

やがて出来上がったそれは、新種と似た、黄褐色の動物だった。

雰囲気も見た目もそっくりだが、ひとつだけ違うのは、その動物にたてがみがないところだ。

犬歯を剝き出し、鬼のような形相を浮かべるその動物を見て、新種は狼狽えた。一歩、また一歩と近づいてこられる度にたじろぎ、おろおろしている。

それは、鬼嫁に詰め寄られる、小心者の夫の風情そのものだった。

「メス……？」

青宮さんは呟いた。

「新種の、メスを創ったの……？」

ついに師匠の創った動物が新種の前に立った。新種はへこへこと頭を下げ、恐縮しきっている。ご機嫌を取ろうとして相手の顔をぺろぺろ舐めたが、右から左に流れる華麗なフックを入れられ、新種はもんどり打って倒れた。

その隙を逃さず、小走りで駆け寄った師匠は、流れるような手つきで新種にツボを入れた。

「い、一見しただけで、新種への対抗種を生む方法を閃いたのか……？」

一連を見ていた職人たちが、虚ろに呟いた。

「格が違う……」

自分が羨望と畏怖の目を向けられていることなどまったく気にせず、師匠はすっかり大人しくなった新種の頭を無表情で撫でていた。

事情を説明しようと口を開く前に、僕は師匠に隕石みたいなゲンコツを落とされた。頭蓋骨がへこんだと錯覚するくらいの一撃で、瞼の裏でチカチカと星が飛び、僕は生まれてきてごめんなさいと思った。

「探させやがって、この不肖な弟子どもが！　四時には戻ってこいって約束したよなあ！」

人目も憚らず、師匠は怒鳴り散らした。

「お前らが来ねえから、俺ひとりで撤収作業をしたんだぞ！」

「だ、だって師匠、それどころじゃ」

「どんな理由があろうとも、約束を破るってのは人を殺すよりも重い罪があるんだ！　肝に銘じとけ！」

それから師匠はウカさんを呼び、彼女にもゲンコツを落とした。もちろん僕への一発とは天と地ほども差があるマシュマロゲンコツだ。ただウカさんはそれでも痛かったようで、ぽろんと少しだけ涙をこぼした。

「十字さん！」

そうこうしていると、青宮さんが駆け寄ってきた。

「お久しぶりです、青宮です！」

「青宮？」

師匠は「お前なぞ知らん」というふうに首を捻った。青宮さんはがっくりと肩を落とした。

夕焼けの中、僕たちは騒動の後片付けをした。事情を知った実行委員たちも手伝いに来てくれる。手際よくリングがばらされていき、職人によって創られた動物たちは、それぞれの運搬車へ順番に乗せられていった。彼らはこれから、全国各地の動物園や牧場へ送られるという。

「あの、もし」

ヒツジにリードをつけていると、声をかけられた。

見ると、夏だというのに上下灰色のスーツを着てネクタイを締めた、眼鏡の男性が立っている。

「あの動物についてお尋ねしたいんですが」

男性は、ハンカチで汗を拭いながら顎をしゃくった。

その先には、口枷（くちかせ）のつけられた、たてがみの新種がいる。

「あの動物を生み出す要因になったのは、メインクーンにつけられた強力な磁石だったそうですね。その磁石をつけたのはあなただと、先ほど『超電導ラボ』の方に聞きました」

「あ、ええ、まあ……」

僕がおずおずと頷くと、男性は得心がいったように表情を緩めた。

「ということはやはり、あなたがあの新種の生みの親ということになりますね」

僕はびっくりして、ようやく男性の胸元に意識がいった。

夕日を受けて輝くその星型のバッジは『インテリジェント・デザイン・クラフトマン連合』——通称「ＩＤＣＵ」の身分証明に他ならない。

急激に鼓動が速くなる。

なぜって——そのＩＤＣＵこそ、動物万博の主催である国際組織なのだ。

◇

動物万博への切符は、その国のＩＤＣＵが握っている。全八名の日本代表の一人として選出されるにはふたつの条件があって、それをどちらもクリアした職人にだけ出場権が贈られる。

まず、本部未登録の新種の動物を生み出していること。

そして、動博開催の半年前にある、全国八地方区分のコンペで一位になること。

単純に思われるが、まず第一の条件をクリアすること自体が相当に難しい。本部に登録されている動物の数は、現時点で約五千種。この五千種とかぶらずに新しいものを創り出すのは、網の目をかいくぐるような抜け道を探すということだ。

今日、僕は図らずもその抜け道を一直線に駆け抜けた。

「自己紹介が遅れました。わたくし、ＩＤＣＵの後藤と申します。報告を受けて調査に参りましたが、あれはまさしく新種で間違いありません」

後藤さんはそう言って、僕に名刺を渡す。

僕は恐縮して名刺を受け取ってから、密かに太ももをつねった。

痛い。

夢じゃない。

偶然にせよ、僕は動物万博との繋がりを得た。働いたり走ったり死にかけたりゲンコツを落とされたりした甲斐は、確かにあった。ひよこの時もそうだったが、やはり幸運とは掴みに行くものではなく、降って湧くのを待つものだ！

「先ほど本部に新種認定の旨を伝えましたので、数日後には認定証と、動博コンペへの参加証が発行されます。送付しますので、住所を教えてくださいませんか」

後藤さんは、鞄から書類を挟んだクリップボードを取り出して僕に渡した。

僕は周囲に師匠がいないことを念入りに確認してから、書類にペンを走らせた。師匠にばれたら絶対に「俺にも一枚嚙ませろ、弟子の功績は師匠の功績」とか言われて権利を二分されるに決まっている。だからここは狡猾に事を進めるのだ。

「ところで」

素早くサインをしていると、後藤さんが口を開いた。

「あの新種の名前はどうしましょう?」

「名前?」

「ええ。『穴』に送る際に必要になりますので」

後藤さんは、くいと眼鏡を上げる。

「新種の名づけの権利は、生み出した職人にあります。自由に決めてくださって構いません」

僕は、ごろごろと喉を鳴らして伏している新種を見つめた。

しばらく考えて、

「ガオガオ吠えてたので、ガオたん、なんてどうでしょうか」

「がおたん……」

後藤さんは無表情で頷いた。「あハイ良いと思います」

「よかねーよ、くそったれ」

突然、背後から、声が割って入ってきた。

鼻の詰まったような、舌足らずな声。

聞き覚えのある――いや、忘れようもない声。

僕は、ゆっくりと振り返った。

どんぐりのカサみたいな坊ちゃん刈りに、どんぐりのような輪郭の顔。いつでも人を小馬鹿にしている表情と、性格がそのまま体現された、ふんぞり返った姿勢。黒い蝶ネクタイに、サスペンダー付きショートパンツ。

三年半ぶりの再会だった。

「ナギ。まさかテメーがいるなんてな」

心底嫌そうに、御法川は言った。

◇

「御法川さん」

「よ、後藤」

御法川は軽く手を上げ、後藤さんはぺこぺこと頭を下げた。ふたりが面識ある仲で、それもその態度から御法川の方が優位に立っていると察して、僕は眉をひそめた。

「相変わらず、アホの権化みたいな顔してら」

御法川は僕を見てヒヒヒと笑う。

「こんなところでお前と会うなんて、最悪な気分だよ」

「御法川。どうしてお前がここに……」

「やっぱりテメーってばドアホだな。そのケツのポケットに入ってるパンフを良く見てみな」

僕はポケットからパンフレットを抜いた。

「これがなんだってんだよ」

「協賛を見ろ、協賛を」

パンフレットの四つ折りになった最後のページに目を落とす。

……まるで気づかなかった。

デザインマーケットの協賛企業欄に、その名前があった。

「『御法川グループ』……」

「このイベントは、ウチの息がかかってんだよ。つーか俺んとこはＩＤＣＵ自体のスポンサーだ。俺がいて何が不自然だ」

「知ってたら来なかった、こんなとこ！」

「こっちだって知ってたら追い出してたさ、お前なんか！」

僕と御法川は睨み合った。「い、因縁ですか？　因縁」と、後藤さんが狼狽する。

「そういえば後藤、このアホと何してた？」

「な、ナギさんが新種の動物を生み出したので、諸々のお話をしていたんです」

「新種の動物だって？」

御法川は、信じられないという顔をする。

「お前、まさか本気で職人になって動物万博に出るつもりか？」

「その通りだよ」

「アハハ、まだそんな夢見てんのかよ！　中学からなんにも変わっちゃいねえな！」

御法川はべろーっと舌を出して寄り目になり、両手の人差し指を頭の上で回した。

「お前みたいなうんこには絶対に無理だよこのうんこ野郎～！　お袋と一緒にさっさとくたばれ～！」

もういいや殴りかかっちゃえと拳を握った時、「♪ア今日は焼肉ぅ、牛の恵みぃ～」という演歌調の歌声が聞こえてきた。「♪はあああん、売上でシャトーブリアァァン～」

左方から、上機嫌な師匠が唄いながらガニ股でやって来た。その後ろに、疲労困憊しているウカさんが続く。

僕たちの前で立ち止まった師匠は、毅然と腕組みをして鼻息を噴き、僕たちを交互に見遣り、しばらくしたのち「つまりどんな感じ？」と言った。

僕は師匠の背中に隠れた。

「師匠。あのアホが僕をいじめます」

「ほう、アホをいじめるアホだとな」

「なんだこのおっさんは」と御法川。「ナギの保護者か？」

「坊ちゃん。この方は、あの高名な石井十字さんですよ」

後藤さんが耳打ちすると、御法川は目を見開いた。

「石井十字って、教科書に載ってる？　あのカモノハシの？」

「はい。教科書に載ってる、あのカモノハシの石井十字さんです」

「……ふーん」

御法川は、つまらなそうに唇を尖らせる。

「貧乏人のくせに、ずいぶんいい師匠がいるじゃねえかよ」

僕は師匠の後ろからあっかんべーをした。

御法川は、口の両端に指を引っ掛け、僕以上のあっかんべーをかまそうとして、

「――ん？」

ふと真顔になって、眠たそうに眼をこすっているウカさんをじいっと見つめた。

「……おい、ナギ」

御法川は、急にかしこまって言った。

「その……その女の子は、どなた？」

「何？」

「どなたかと聞いているんだ、そ、その子は」

御法川は、ごくりと生唾を飲み込んだ。

「ウカさんだ。僕の兄弟弟子」

「ウカさん」と御法川は反芻する。「可憐な名前……」

しかし、「ん？」と眉根を寄せて、

「――ちょっと待て。兄弟弟子？」

「そうだ」

「お前、今どこ住んでるの」

「師匠の家」

「う、ウカさんは？」

「師匠の家」

「え？　じゃ、じゃあ、一緒に住んでるってこと？」

僕はウカさんをちらりと見て、「そうだけど」と答えた。

すると御法川は、みるみる怒りに顔を歪めた。「この野郎！」と叫び、地団太を踏んだ。

「ほんで毎日楽しいってか！」

「え？　いや……」

「こなくそ――――ッ！」

その大声にびっくりしたウカさんが、僕の後ろに隠れた。「！」と御法川は目を見開いた。

そして、僕に指を突き付け、高らかに言った。

「ナギ！　俺はウカさんに一目惚れした！　今はずいぶん仲良しみたいだが、必ずお前からウカさんを奪い、俺のものにしてやる！」

そうして御法川は、後藤さんと共に夕闇の中に消えていった。

「お前の一族は、俺の一族に邪魔される運命なんだ！　今に見てろよ、ハーッハッハッハッ！」

御法川の声が遠くなっていく。

近くの森林で、若い蝉たちが鳴いている。生温（なまぬる）い夏の風が、蒸し暑い宵の空気をかき混ぜる。ちょうど夜目に変わる薄暗さの中、僕たちはぼんやりと、御法川が去っていった方を見つめていた。

「なんだったんだ、あのとびきりのバカは」

僕の気持ちを代弁するように、師匠が呟いた。

第三章　チンパンジー

三億を手に入れるべく修業に明け暮れていると、いつの間にか八月が終わっていた。

師匠はようやく直々に稽古をつけてくれるようになっていた。週に二度、近くの『動物工房』の一室を借り、本物の動物を使って研修をする。

と言っても、師匠の指導は具体的にどうのこうのと手法を丁寧に教えてくれるわけではなく、とても漠然としている。

「だからな、まずねずみを膨らますだろ？　そのねずみを、全巻揃えた『ドラえもん』のある部屋に閉じ込めるだろ？　そしたらねずみは、二週間後くらいには腹の袋の目立つオオカンガルーになってるってわけだ」

「わかりません」

「あのな、もしお前がいきなり誰かに拉致られて、なんもない四畳半くらいの部屋にずーっと監禁されたらどうする？　すげえ暇だろ？」

「暇です」

「目の前に『ドラえもん』あったら読むだろ？」

「読みます」

「そしたらいつの間にか『ドラえもん』好きになってるだろ？」

「たぶん」

「四次元ポケット欲しいなって思うだろ？」

「はい」

「そういうことだよ」

　わかんない。

　師匠は言う。「つまりな、動物を創るのに大事なのは小手先の技術じゃなくて、その先を見通す想像力なんだ」

　ウカさんは「わかるわかる」というふうに頷いてメモを取る。

　僕と共に修練に励むウカさんは、無生物から生物を創り出す力こそあるものの、動物から動物を生み出すことに関しては素人だった。初歩であるツボ入れにも苦戦している。彼女の手にはたくさんの絆創膏が貼られていた。ツボ入れに失敗して、基礎動物たちにガブリとやられた傷だ。

　対して僕は、基本をすっかり習得していた。師匠が重きを置く『心理的技法』のことはまだ理解できないが、『物理的技法』においては、小型の愛玩動物くらいならすんなり創れるようになっていた。どの動物のどこにツボがあるのか、どうこねればそうなるのか、積み重ねてきた知識が早々にコツを掴ませてくれたのだ。

仕上がったポメラニアンの頭を撫でながら、しかしこれで満足してはいけないと思う。

僕の目標は、世界中の猛者が集まる動物万博での優勝だ。ポメラニアンごときでは到底太刀打ちできない舞台に挑戦するのだ。ここから三段飛ばしくらいのスピードで技術と発想を身につけなければ、来春の動博にはまるで間に合わない。

「僕も師匠のカモノハシみたいに、すんごい動物を生み出せるでしょうか?」

「さあね。何十年も頑張ればできんじゃねえの」

何十年もは待てない。

作務衣のポケットに忍ばせたものに触れる。

それはガオたんの認定証と一緒に送付されてきた、十月初旬に行われる動博出場をかけたコンペへの参加証。

この小さな紙切れこそ、母を救う未来への切符であり、僕の夢を賭けた投票券だ。

ある日の正午、ウカさん宛てに御法川から手紙が届いた。ドぎつい桃色の封筒に、ハートのシールで封がしてある。どこでどう住所を知ったのか、御法川はデザインマーケット以降、こうして頻繁に手紙を寄越すようになっていた。これで五通目である。

僕は郵便受けの前で封筒を開封し、手紙を読んだ。

『拝啓　ウカちゃん

まだまだ暑い日が続きますが、体を壊していませんか？　ナギのアホにいじめられてはいませんか？

相変わらず、ボクの毎日はウカちゃん一色です。つい昨日、部屋にまた一枚ウカちゃんのポスターが増えました。動物横丁にあるお団子屋さんの前で、みたらし団子を食べているウカちゃんの写真だよ。めいっぱい頬張って、ほっぺたがぷくってなってるやつ。とびきりの笑顔だけど、唇の端にタレがついちゃってる。ほんとにかわいいね。

ところで、ウカちゃんはお返事をくれませんね。

わかってるよ、恥ずかしいんだって。返事を書きたいけど書けない……悩めるウカちゃんの気持ちが、真っ直ぐ伝わってきます。

でも、恥ずかしがってちゃ恋は進展しないんだよ？
ウカちゃんが勇気を出して一歩を踏み出せるよう、ボクのブロマイドを同封しておくから、目を見つめる練習に使ってね。ウカちゃんのために、写真館で撮ってもらったんだ。咥(くわ)えたバラが決まってるでしょ？　バラの花言葉、ウカちゃんは知ってる？』

　このあたりで気持ちが悪くなり、僕は過去四通もそうしてきたように、手紙をビリビリと粉みじんにして捨てた。初めて手紙が来た時はきちんとウカさんに渡したのだが、手紙を読んだ後に彼女がぶるぶると震え出したので、それ以降はこのようにしている。ストーカーの被害届を出すべきか悩むところである。

　その三日後の夕方。

　横丁にグッズを届けてから家に戻ると、居間で師匠がぼーっと突っ立っていた。物思いに耽るような表情で、手に持った一通の封筒を見つめている。

　僕はドキリとした。

　落ち着いた紺色のその封筒は、明らかに御法川からのラブレターではない。

　もしかして、ガオたんに関する書類だろうか。そうだったら、僕が師匠のいない間にこっそり諸々を受け取ったのがバレるかもしれない。

「も、戻りました」

恐る恐る僕が言うと、師匠は「おお」と呟いて、封筒をポイとちゃぶ台に放った。

「な、なんの手紙ですか？　それ」

「ふん。お前にゃ関係ない」

その師匠の言葉に、僕は安堵の息を吐いた。ひとまずガオたんに関するものではないらしい。

では、何だろう。

改めて注目する。

まるで舞踏会への招待状でも入っているかのような金の花模様が施された豪華な封筒には、丁寧に封蠟（ふうろう）がしてあった。

「開けないんですか？」

「開けないね」

なんだか、不自然なそっけなさだ。

僕は「ふうん」と興味なさげに言いつつ、師匠の隙をついてサッと封筒を取った。

「あっ！」と手を伸ばしてくる師匠とすかさず距離を取り、送り主を確認する。

そして、ギョッとした。

達筆で書かれたその名前は——確かに、『岡本大朗』と読めた。

とんでもないビッグネームに度肝を抜かれて、完全に注意が逸れていた。

僕は師匠に隕石みたいなゲンコツを落とされ、「ぎゃあ！」とたまらず倒れた。

「返せ」

師匠は僕から封筒を奪い取り、鼻息を噴いた。

「油断も隙も無い奴だ」

僕は涙目で頭を押さえつつ、

「そ、その岡本大朗って、あの、パンダの岡本大朗ですか？」

「そうだ」

「日本人で初めてＩＤＣＵの会長になった、あの岡本大朗？」

「そうだ」

「知り合いなんですか？」

「ああ」

「な、なんで読まないんですか」

「読まんでいいもんだからだ」

「大事な手紙かもしれません」

「ハッ。どうせまた動博の代表証だろ。特別推薦枠とか言って毎回送ってきやがって」

と言って、師匠は「しまった」というような顔をした。

もちろん聞き逃す僕ではない。

「動博の代表証って言いました？」

「言ってないね」

動博の代表証――それは、ＩＤＣＵに選出された者しか得ることのできない、動物万博への出場を認める参加権だ。

「それ、すんごいチケットなんじゃないですか？」

「俺には必要ないもんだ」

「じゃあ僕にください！」

僕はカエルのように師匠に飛び掛かった。

「僕は動博に出たいんです！」

「なんじゃお前！」

師匠は封筒を頭上に掲げ、僕をかわす。

「やめろバカ！」

「いらないんならくれたっていいでしょ！」

「そういう問題じゃない。これは捨てる！」

僕と師匠は封筒を奪い合った。「ちょうだい！」「捨てる！」「どんだけ価値あるもんだと思ってんすか！」「捨てる！」「世界中の職人が喉から手が出るほど欲しがってるもんですよ！」「知らん！」「もったいない！」「捨てる！」「じゃあせめてメルカリで売りましょう！」「捨てる！」「お金になりますよ！」「うるさい！」……。

　そうしてしばらくもみ合い、とうとう師匠は「こんなもん！」と、封筒をくしゃくしゃに丸めて廊下へ投げ捨てた。

　その時、ちょうど夕飯の買い出しから帰ってきたウカさんが居間に顔を出した。師匠の投げた封筒は彼女の鼻柱に当たり、ぽとりと畳の上に落ちた。

　ウカさんはネギのはみ出たビニール袋を置き、鼻をさすりながら封筒を拾い上げる。

「ウカさん、それを僕に！」と言う僕の頭に、師匠は隕石みたいなゲンコツを落とした。

「いい加減にしろ！」

　師匠はいよいよ怒った。

「いらんもんはいらん！　ウカ、そのゴミを捨てて――」

と、ふいに師匠の頭上に電球が点いたように見えた。

　そして「いいことを思いついた」とひとりごち、不穏な笑みを浮かべ、

「俺の代わりに、ウカを出しゃいいんじゃねえか」

「え？」

「ウカの力なら優勝を狙えるぞ。……三億だ、三億！」

「その代表証をウカさんにあげるんですか？」

「ああ」

「僕には？」

「はあ？　誰がお前みたいなポンコツにやるか」

さっきまでとは打って変わって、師匠はご機嫌に鼻歌を唄い出した。

そうして封筒をウカさんから受け取り、意気揚々と二階へ上がっていってしまった。

◇

九月も下旬に入り、コンペの開催日まで一週間を切った。

茶店で自主勉をした後、僕はしょんぼりと帰路に就いていた。

午後四時の斜陽が眩しい。残暑が続いているものの、町には秋が近づいてきている。

夏をさらう寂しい風が、日焼けた腕に沁みた。

僕は悩んでいた。

代表選出のコンペで、どんな動物を創ればいいのか思いつかない。

コンペは一発勝負だ。審査員の目の前で、より革新的かつユーモラスな手法で動物を創り出した職人が評価される。その動物は新種でなくても良い。とにかく審査員の心に訴えかけるような、この職人なら動博で好成績を残すであろうと印象づけられる技を見せなければならない。

しかし、さっぱりアイデアが浮かばなかった。

ガオたんを創ろうにも、なんたら磁石が手に入らない。

「どうしたもんか……」

当然ながら、師匠に相談するわけにはいかない。師匠は僕がコンペに出ることを知らないのだ。もし知られたら、コンペ以前にガオたんの権利についてギャーギャー言われるに決まっている。「じゃあ俺が生んだメスガオたんの権利は誰のもの⁉」と青筋を立ててIDCU本部へカチコミに行く師匠の姿がありありと目に浮かぶ。

これは、ひとりで乗り越えなければならない試練。

何を創れば、高評価が得られるのだろうか。

焦って早足になる。

どこかに、ヒントが落っこちてないかな……。

そう思って、ハッとする。

すぐ身近に、落っこち放題の場所があるではないか。

僕は家に帰らず、動物横丁を練り歩くことにした。

◇

平日の夕方だというのに、横丁はいまだ活気に溢れている。老若男女、たくさんの人々が狭い路地を行き交っていた。

『レモニカ』でレモネードを買って飲みながら見物したいと思ったが、行列ができていたので諦めた。それにしても、やけに混んでいるのは修学旅行のシーズンだからか。店を見ていきたいけれど、とてもじゃないが真っ直ぐ歩けない。中学生と思しき少年のリュックから突き出た巨大な「キリン麩菓子」が顔に当たり、僕はたまらず横路地に避難した。

息を整えていると、「ちょいと兄ちゃん、見ていきなよ」と声がする。

見ると、日の当たらない暗がりにひっそりとお店があり、その店先で黒いシャツを着たおじさんが手招きしていた。

「動物グッズたくさんあるよ。他には置いてないレア物もあるよ」

おじさんはニッと笑う。前歯以外の歯がなかった。

せっかくなので覗いてみる。

表通りとは裏腹に、狭い店内にはお客さんがひとりもいなかった。埃っぽい空気が漂っている。整然と置かれた陳列棚に、所狭しと動物グッズが並べられていた。

ぼんやりと店内を物色する。

黒ブタのお面に、トキの鐘ぬいぐるみ。カワウソ芋饅頭に、はつかねずみ醤油、サモエドビール、サイさいだぁ……。どれもこの時間の表通りではすっかり完売しているような、横丁でしか買えない商品だ。みんな立地が悪くてこのお店に気づいていないのだろうか。

そうして不思議に思いながら見ていくうちに、僕はとんでもないものと出逢ってしまう。

「あの……これ」

僕がそのぬいぐるみを手に取ると、おじさんは「おっ、兄ちゃんお目が高いね！」と手を打った。

「そりゃあ、昨日入ったばかりの新作さ。まだウチにしか置いてない限定モンだよ」

まさか、と、ぬいぐるみをまじまじ観察してみる。

右から左から上から下から、どこからどう見ても、やはりそれは僕のよく知っている……いや、知らないはずのない動物だ。

立派なたてがみを生やした、黄金色の巨大なネコ科の動物。

「これ……ガオたんですか？」

僕が尋ねると、おじさんは「おっ」と目を丸くした。

「よく知ってるね。そう、つい最近生み出された新種で、その威厳から業界じゃ既に『百獣の王』とも呼ばれてる、あのガオたんさ」

おじさんはヒッヒッヒと笑った。

「さては兄ちゃん、相当な動物ファンだね？」

僕は、ガオたんのぬいぐるみを手にしたまま動けなかった。

ちょっと待て。

いくら棚ぼただったとは言え、ガオたんにまつわる権利は生みの親の僕にある。つまりグッズ化の権利も僕にあるはずなのだが、こんなぬいぐるみを売り出しただなんてことはつゆも聞いていない。

僕が固まっているのを違う意味で解釈したおじさんは、「どうしてもってんなら三千五百円のところを三千円にしてもいいよ」と言った。

「いや、あの……」

「あ。もしかしてぬいぐるみはあんまり？　じゃこれは？」

おじさんは店の裏に引っ込み、腕いっぱいにグッズを抱えて帰ってきた。

「ほら、このガオたんキーホルダーなんてどう？　鞄につけたらたちまちみんなの人気者さ。ガオたん筆箱なんかもオススメだね。あ、こっちのガオたん洗剤なんかもいいよ。カモミールの香り続くタイプだから、部屋干しにも使えるよ」

その後もおじさんから次々飛び出すガオたんグッズの洪水に、僕はたまらず卒倒しそうになった。いつの間に、そんなにラインナップが……。

どうして僕に報告が来ないのか。

考えれば単純なことだ。

無許可だ。

「あの、これ全部ホンモノですか？」

僕が尋ねると、おじさんはムッとした。

「なんだいあんた。俺んとこのグッズがパチモンってかい」

「パチモンっていうか、許可取ってないでしょ。ガオたんの権利者に」

おじさんは一瞬だけ眉根を寄せたが、すぐニタリとした。

「アホなこと言っちゃいけないよ。ちゃんと委託販売許可証があるもんね」

おじさんは、レジの下の引き出しから販売許可証とやらを出し、広げて見せた。「ほら。ここにガオたんの権利者のサインがしてあるでしょ」と言って指差した欄にはミミズがのたくったような文字が書かれている。もちろん僕の名前ではない。

「な？　なんにも悪いことはしちゃいねえよ」

そうしておじさんがケタケタ笑うので、僕はリュックから本物の認定証を取り出して広げた。

おじさんは訝しげに認定証を見つめ、たっぷり一分は固まってから、「このことはどうか警察には」と言った。

「違法です！」と僕は言った。「いけないんだ！」

おじさんは舌打ちし、後ろ頭を掻いた。

「参ったな、近くにパイオニアがいたのかよ……。しかもこんな小僧とは」

「おまわりさあん」

店を出ようとしたが、後ろからおじさんに肩を摑まれた。

「離してください」

「まあちょっと待て。ここは取り引きといこうぜ」

「嫌だ怖い！」

「話を聞けよ。なあ、認定証を持ってるってことは、今度のコンペに参加するんだろ？」

僕は振り返り、おじさんの顔を見た。

「お前も職人ってんなら、そのコンペに勝って動博に出たいだろ？」

おじさんは、粘っこい笑みを浮かべる。

「余裕で一位を取れるような、革新的な動物の創り方を教えてやるよ。……その代わり、ガオたんのことにゃ目をつむってもらおう。こっちはずっとこれでおまんま食ってんだ」

◇

やばそうだったら逃げればいい。すぐにその場を去ればいい。

何度も自分にそう言い聞かせつつ、僕はおっかなびっくりおじさんについていった。

店を出て連れられたのは、動物横丁の東にある『スカラ座』である。

『スカラ座』は、もう百年も続いている古い映画館だ。目立たない路地にぽつんとあって、年季の入った建物と看板がレトロな趣を漂わせている。店頭はがらんとしていた。

チケット売り場の窓口に、金髪の若い男が座っていた。ヘッドフォンから盛大に音漏れをさせ、目を閉じて体を揺らしている。おじさんが窓を叩くと、金髪は目を開けて「うす」と会釈をした。

「竜也（たつや）、お客さんだ。この兄ちゃんをＧＴ（ジィティ）のところに案内してやってくれ」

おじさんは、後ろにいる僕を親指で差した。ＧＴとは誰かの通称だろうか。グレート・トレーダー？　ジェントル・トレジャー？　よくわからないが、かっこいい印象を受ける。

竜也と呼ばれた金髪は「ああん？」と僕を睨みつけ、

「なんすかこのガキ」

「驚くなよ。……なんとな、あのガオたんの生みの親様だ」

竜也は目を見開いた。

「マジすか？」

「マジだ。認定証を持ってる」

竜也は「こんなガキが……」と、ぶつぶつ言っている。そうしてしばらく疑わしそうに僕を検分していたが、やがて館内から出てきた。

「いいかい兄ちゃん。革新的な動物の創り方は、ＧＴが教えてくれる。これでガオたんの件はチャラだからな」

そう言ったのち、おじさんは「このことは誰にも言うなよ」と念を押した。

「ついて来な」

今度は竜也に先導され、僕は館内へと歩みを進めた。

赤い絨毯が目に映える。窓口とグッズ売り場が繋がっている造りだ。壁面にはたくさんの昔の映画のポスターが貼られていた。

竜也が突き当たりのドアを開けると、埃っぽい匂いが鼻をついた。機材置き場と思しき小さなその部屋には、上へ続く短い階段がある。上がるのかと思ったが、竜也は階段の手前でしゃがみ、がば、と床下収納の蓋のような地下へ続く扉を開いた。

「ほら、こっちだ」

竜也の後に続いて、わずかな光の差し込む階段を下りていく。

やがて、一本の通路に出た。

空気の止まった通路の向こうはどこまでも暗い。竜也が壁のスイッチを入れると、天井に走る電線にぽつぽつと下げられた電球が輝き、上下左右に打ちっぱなしのコンクリートが露わになった。まるで石造りの四角柱の中にいるようだ。

竜也と共に無言で通路を歩んでいくと、だんだん肌に風を感じるようになってきた。

いや、風だけではない。

臭い……獣臭い。

音も聞こえる。動物の鳴き声のような音。

自分は何かとんでもない場所に足を突っ込んでいるんじゃないかと思う。ドキドキする胸を押さえて「懼るるなかれ、懼るるなかれ」と、おまじないのように呟く。コンペで勝つ方法とやらがこの先にあるのなら、それを知るだけでも損にはならないはずだ。

五分ほど歩いて、とうとう通路が広い空間に繋がった。

風と臭い、音と光度が一気に五感で捉えられるようになる。

そこは、地下にある商店街だった。低い天井に細長い蛍光灯が等間隔で並んでおり、弱い光を発している。ぼそぼそ剝げているアーガイルタイルの地面が歴史を感じさせる。酒場や怪しい小物を売っているお店が建ち並んでいて、古めかしい看板がバチバチと音を立てて明滅している。「キガーッ！」「くけけけけ！」といった得体の知れない動物の声が絶えず響いている。吹く風に乗っているのは、濃い獣の臭い。濡れた犬みたいな臭さだ。道々に座り込んでいる人がいて、僕たちが通りかかると不気味に笑った。

びくびくしつつ進んでいくうちに、気づいたことがある。

店の配置や道の曲がり方が、どうも動物横丁に似ている。

そう言えば僕たちは『スカラ座』の南の部屋から階段を下り、西へ真っ直ぐ来た。

ということは――ここは、動物横丁の真下？

「あの」

僕は先を行く竜也に尋ねた。

「ここって、何なんですか？」

竜也は振り向かずに答える。

「裏動物横丁だよ」

「裏動物横丁？」

オウム返しをする僕を無視し、竜也は『肉屋ちよ子』という店の扉を開けた。

紫煙が濛々と立ち込める店内のカウンターに、赤々とした得体の知れない肉が並べられている。その奥にはブタの化身のようなおばさんが座っていた。

竜也はおばさんと数言をかわし、「来い」と僕を店の奥へ誘導する。ウインクするおばさんから逃げるように後に続くと、またも下への階段。その行き止まりに、鉄の扉があった。

「おい、ガキ」

扉の前で竜也は言った。

「GTは、頭のネジがぶっ飛んだマッド野郎だ。何があっても俺は責任持たねえからな」

ちょっと待って何それはと僕が口を開く前に、「いいか、お前が会いたいっつったんだからな」と言って、竜也は拳でガンガンと扉をノックした。

「GT、いるか、GT！」

返答はない。

「俺だ、『スカラ座』の竜也だ！」

金属を叩いた残響が遠のいていく。

しばらくして、ガチャン、と扉の向こうで錠の外れる音がした。

竜也が、ゆっくりと扉を開く。

陽気な音楽が聞こえてくる。むせ返るような生臭い匂いが漏れてきた。

◇

そこは、実験室だった。

部屋の中央に、歯医者で目にするような角度の調整できる椅子がある。その椅子の周囲には線のいっぱい出た機械。頭上にはドでかい照明がある。近くの卓上にゴム手袋やピンセットなどの器具があって、床にはポリバケツが転がり、茶色くてどろどろしたものが飛び散っていた。大音量で鳴っている行進曲（マーチ）の音源は、部屋の四隅に設置された柱のようなスピーカーだ。

その異様な部屋の片隅に、白衣を着た細い体躯の男がいた。

「ＧＴ」と竜也が言った。「客だ」

白衣の男――ＧＴは、「ふんふんふん」と行進曲に合わせて唄いながら、テーブルの上のボウルに入れた何かをかき混ぜている。ＧＴが泡だて器を回す度、ぐっちゃぐっちゃと音がする。この位置からはよく見えないが、ＧＴの足元にはケージがあって、中で生き物が動く気配がした。

ひとしきりボウルをかき混ぜ、GTは息を吐いた。その場に膝をつき、自分の足元にあったケージのドアをスライドさせて開いた。

もたもたと出てきた動物を見て、思わず声が出た。

中型犬くらいの大きさで、全身が灰色の体毛で覆われている。顔つきはウォンバットに似ているが、でも違う。うちわのように大きな両耳はウォンバットのものではないし、顔の三分の二くらいは占めていそうな黒い鼻ときたらない。覇気を全く感じさせないとろんとした目つきが、見る人の眠気を誘う風情を醸し出している。それで、とんでもなく緩慢にのそのそ歩き回っている。

あんな動物は……見たことがない。

「気になる?」

僕の視線に気づいて、GTは嬉しそうに言った。

「……新種ですか?」

「お!　キミ、わかってるね。素人は、こいつのことをグレーに塗ったウォンバットっていうんだ」

GTは、新種の両脇を持って抱え上げる。両足をぶらん、とさせる新種の後ろから顔を覗かせて、

「こいつはね、コアラっていうんだよ」

「コアラ?」

「そう、コアラ。ボクが創り出したんだ」

ＧＴは「イヒヒ」と笑いながらコアラを仰向けにして椅子に置き、その腰部分をベルトで固定した。卓をがちゃがちゃと手で探り、きらりと輝く刃物のようなものを掴んだ。爪切りだ。

「こんなに爪が伸びちゃってさあ……」

ＧＴは照明を絞って右前足に光を当て、カチカチと爪切りを動かしながらコアラに迫る。

僕の隣の竜也が、ゴクリと生唾を飲み込む。「おいおい、いきなり何する気だ」

「なあ、切らなきゃダメじゃないかよお。こんなに爪が伸びたら、切らなきゃダメじゃないかよお」

ＧＴは、コアラの右前足を押さえる。

「でなきゃ、危ないじゃないかよお!」

「やめろ!」

僕は無意識に叫んでいた。が、情けないことに足が出ない。恐怖で震えていた。

爪切りがコアラの前足に迫る。笑みを浮かべるＧＴの影がコアラを包み込む。輝く刃物にコアラが目を剝く。

部屋を満たす行進曲が大きくなる。

刃物が何かを絶つ音がし、言葉では表現できないコアラの鳴き声が響いた。

僕は咄嗟に顔を背けた。

なんてことだ。これは明確な動物虐待だ。職人が首を捻るのとはわけが違う。

あのコアラには、ツボが入っていないのだ。

しかし……そのうち、ちょきん、ちょきんと、小気味良い音が続いていることに気がついた。

勇気を出して窺ってみると、GTは本当にコアラの爪切りをしていた。しかもかなり丁寧に、コアラを傷つけないよう、慎重に。コアラはされるがままになっていて、ちょっと気持ちよさそうに目を閉じていた。

全ての足の爪切りが終わり、GTは足元に転がっていたバケツを取って置き直した。

抱きかかえたコアラの右前足を、バケツの中に向ける。

すると、コアラの指先からとろりとした茶色い液体が、ぽとりぽとりと滴り始めた。

あの粘性は、血液ではない。

「おほお、いっぱい出る」と、嬉しそうなGT。

「……いったい、何をしてるんですか?」

「何って、チョコを採ってんのさ」

「チョコ……?」

「そうさ。コアラの中はチョコたっぷりだあ……!」

GTはそう言って、コアラの右前足から直接ちゅうちゅうとチョコを吸い出した。

絶対やばい。

すぐに立ち去った方がいい。

これ以上首を突っ込んではいけない。

——脳内に溢れる危険信号の数々を、わずかに好奇心が上回ってしまう。

「……その動物、どうやって生み出したんですか?」

僕が尋ねると、GTはコアラの足から口を離し、明るい顔をした。

「キミ、興味あるの?」

「……少し。僕は、職人見習いなんです」

「なるほど。そりゃあ興味出ちゃうよねえ」

GTは立ち上がり、卓の上にあったリモコンで行進曲を止めた。コアラを抱え、バケツを持ち、奥にある机の前の椅子に腰かける。

「キミ、名前は?」

「ナギです」

「ナギくん。ボクはここに住んでる研究者だ」

「ここは……いや、この一帯は何なんですか？　確か、裏動物横丁って」

　GTは、洗ってなさそうなマグカップにコアラの指先からチョコを注ぎ、器用に湯沸かしポットからお湯を注いだ。「はいホットチョコ」と僕に差し出す。うへえと思ったが無礼なので受け取る。同じようにしてもう一杯を作り竜也に勧めたが、竜也は断った。

「美味しいのにい」

　GTは、ホットチョコをズズズと飲んだ。

「……で、裏動物横丁のことだったかな。ここはね、裏動物職人の憩い場さ」

「裏動物職人……？」

「表じゃ試せない技の研究をしている職人のことだよ」

　GTは、コアラの頭を撫でた。

「それがたとえ認められていない方法だったとしても、新しい動物を見たい、知りたい、生み出したい——そんな知的好奇心に取り憑かれたアーティスト、それが裏動物職人だ」

「アーティストか、よく言うぜ」と、竜也が呟いた。「ただの変態じゃねえか」

「動物横丁の地下にあるここは、基礎動物を秘密裏に仕入れやすい。なんたって地上は職人にとってのメッカ、毎日とてもたくさんの基礎動物が取り引きされているからね。ＩＤＣＵの目の届かないここなら、どんなことでも試し放題。まさにボクみたいな研究者にとってのオアシスだよ。だから、至るところにここと同じような工房があるんだ」

　ＧＴは、長い歯茎を剥いて笑った。「まあ、最近はそこの竜也みたいに、パチモンのグッズや海賊版をこさえて表で売り捌いてるような連中も出入りしてるんだけどね」

　だから、この地下はこんなにも獣臭かったのか。

　そして……ＧＴの口ぶりからすると、あのコアラは何かとんでもなく「いけないこと」をして生み出した動物なのだろう。

　確かに僕は、コンペで勝つ方法を求めてここに来た。でも、法に触れることをしてまで勝とうとは思わない。母に渡す三億は、清らかでなければ意味がない。

　けれど、どうしても……どうしてもコアラの創り方から興味を逸らせない。新しい動物を見たい、知りたい、生み出したい……そんな職人としての性が、駆け出しの僕の胸にも既に芽生えているようだった。

　だから、僕は尋ねてしまった。

　ＧＴが語る、表では試せない技について——。

　——それは、ＩＤＣＵに認可されている『物理的技法』『心理的技法』のどちらでもない、倫理の観点から古くに封印された技。

「その名は『合体技法』さ」

GTは言った。

「ツボを入れた二種類の動物をぶつかり合わせることで、新種を生み出す技。二種の動物を、一種にする。つまり、ふたつの命をひとつに融合させる。……これがいけないと連合はやんや言うんだけど、全然そんなことないよねえ？」

GTは、邪心の欠片もなく笑う。

「このコアラの創り方は、単純明快。オオカミとヤマネコを『合体』させたんだ。ポイントは、前もって二体の鼻先に乾燥させたカカオの実を貼っておくことさ。ぶつかり合った時にちょうど断面が重なってぴったり一個になるよう、半分にしたものをそれぞれにつけておくんだ」

そうして二体を勢いよく激突させたら、大きな鼻を持った、オオカミでもヤマネコでもない、チョコの詰まった新種の動物が生まれる――。

「面白いだろう？『合体技法』には、無限の可能性が秘められている。動物の数だけ組み合わせがあるんだから！」

GTは、リモコンで部屋の照明を落とした。天井から壁面に、大きなスクリーンが下りてくる。鉄扉の上からプロジェクターの光が差し、写真が映し出された。

まずスクリーンに映ったのは、両前足、そして臀部から両後ろ足にかけてだけシマウマのような模様のある馬型の動物だ。シマ部分以外は茶色という、とても奇妙なデザインをしている。

「『オカピ』という動物だよ」

指し棒でスクリーンを指し、ＧＴは言った。

「これも『合体』で生まれた動物さ。シマウマとジャージー牛を融合させた」

ＧＴは、パンパンとオカピの顔を指し棒で叩いた。

「更に面白いのはさ、このオカピ、よくよく調べてみたら、なんとキリン科だったんだよ。どう見たってシマウマの仲間と思うよね？　でも違う。ウマ科とウシ科を合わせたのに、キリン科ができたんだ……！　神秘的すぎるだろ！」

興奮して唾を飛ばしながら、ＧＴはリモコンを操作して次の動物をスクリーンに映す。

それは、まるで巨大なダンゴムシのような、飴色の動物だった。固そうな装甲を全身にまとっている。長い尻尾はねずみを思わせるけれど、これもまた見たことがない。

「カブトガニとねずみを合体させた『アルマジロ』だ。全身を覆う鱗甲板（りんこうばん）は銃弾を跳ね返すくらい硬いんだよ。敵に出逢ったら体を丸めてボール状になるんだ。面白い！」

ＧＴは次々に『合体』によって生み出された新種の写真を投影する。

ひよことねずみを合体させた「ピグミージェルボア」、ラクダとヒツジを合体させた「アルパカ」、アリクイとブタを合体させた「ツチブタ」、カモとシカを合体させた「カモシカ」――。

「もちろんこれらの動物は、『穴』にも送ってる。それは動物職人としての最低限の矜持だからね。よかったら、キミにも技を教えてあげるよ」

「結構です」

僕が首を左右に振ると、GTは意外そうな顔をした。

「どうして？　キミも職人の卵なら、あんな動物たちを生み出してみたいと思うだろ？」

「思います。……でも、『合体』は使えません」

「『合体』は動物の痛みを伴うものじゃない。IDCUに認められてないだけで、無害なんだぜ」

「認められていないのが問題なんです」

「なんだって？」

「コンペはIDCU主催だから」

完全に口を滑らせた。

すぐにごまかそうとしたが、GTは僕の一言で全てを理解したのだろう。「なるほど」と遠くを眺めるようにして、それまでのにやにやした表情から一転、感情が抜け落ちてしまったかのような真顔になった。

「キミ、動博の予選に出るんだね……」

　ＧＴはため息をついた。

「残念。キミも、古臭くてつまらない手法に囚われている愚かな連中の一員だったんだ」

「……『合体』を使わなくても、素晴らしい動物は生み出せます」

　そう言い返してしまうところが、どうしようもなく子どもだ。

「いいや。キミたちが生み出す動物は、総じてからっきしつまらないじゃないか」

「そんなことない」

「クズみたいな動物ばかりでさ」

「そんなことない！」

　大きな声が出た。

　脳裏を過ったのは、キッズひろばのリングで嬉しそうに柴犬を抱きしめる男の子と、それを見つめる青宮さんの微笑みだった。

「『合体』の力を借りなくても、人を感動させる動物を創ることはできる」

「ひとっつも思い浮かばないね、キミたちの残した動物で芸術性を感じるものなんて」

「ふん。カモノハシを知らないんですか？　あのとんでもなく素晴らしい動物を」

　僕が言うと、ＧＴはきょとんとして、「カモノハシ？」と呟いた。

「ズルしなくたって、一流の職人はあんなに凄い発想で、凄い動物を創――」

その時突然、GTはアハーハハと大笑いし始めた。コアラが驚いて身を震わせる。

そうしてGTはお腹を押さえてひとしきり笑い、涙を拭った。

「カモノハシと言ったかい、今」

「な……なんなんですか」

「キミは、あれがどうやってできたのか知らないのか？」

GTは「あのペテン師の名は、石井十字だったかな？」と呟き、

「カモノハシはね。『合体技法』で創られた動物なんだよ」

面食らって一呼吸の間が空いたが、すぐに鼻に抜ける笑いが漏れた。

「そんなの嘘だ」

「嘘じゃないさ」

「師匠はそんなことしなくても、素晴らしい腕を持ってる」

「師匠？　なに、キミは石井十字の弟子なのか？」

GTは「こりゃ驚いた」と口角を上げた。

「初めてカモノハシを見た時、キミは疑問に思わなかったのか？　哺乳類なのにクチバシがあって、卵を産むんだぞ。そんな奇怪な動物を、どうして『物理』や『心理』で創り出せる？」

「創り出せるから師匠は凄いんだ」

「じゃあキミ、本人に直接聞いてみなよ。どうやって創ったのかってな。問い詰めたらきっとゲロ吐くぞ」

「そんなことあるわけない！　嘘を吐くな！」

「あ～あ。平行線だ」

呆れたように肩をすくめ、ＧＴは再びコアラの前足を吸い出した。

「……失礼します！」

僕は研究室を出ようと、踵を返した。

「あ、キミ。せっかく来てくれたんだし、最後にひとつお土産をあげよう。コンペの審査員長であるＩＤＣＵ日本支部長の藤巻(ふじまき)という男はね、サルが好きなんだ。自分に似てるから愛らしいんだってさ。だから、勝ちたきゃサル系を創るといいよ」

足が止まる。

「藤巻は、ボクの古い知り合いでね。今は絶縁状態だけど」

僕は振り返らずに研究室を出た。

竜也と共に、来た道を引き返す。

白紙に落とした一滴の墨汁のように生まれてしまった師匠への疑念を、頭を振って払う。

でも、忘れようと思えば思うほど、墨汁はじわじわと染み込んで、その輪郭を大きくしていく。

『スカラ座』に戻ってくる頃には、日が暮れていた。

「なんかわからんが、収穫はあったのかよ」と竜也が言う。

「ありがとうございました」と、僕は頭を下げた。

◇

審査に勝つには「傾向と対策」がつきものだ。その審査員がどんなものを好み、どんな点を重視するのか、事前に把握した上で策を練る。それは高評価を得るためのまっとうな戦略だ。現に、僕の愛読する、動物職人界におけるちょっとゴシップな週刊誌『動職通信』にも、「コンペはこう勝て！　評価に繋がる重要ポイント」という特集が組まれたりする。

それがどんなに小さなことでも、勝利への糸口になるのなら信じたい。今では文豪と呼ばれているあの太宰治なんかも、芥川賞にノミネートされた時には、「どうか勝たせてくださいお願いです何でもしますから」というような手紙を審査員に送っている。それはもう激烈の爆裂の破滅的にイタいことだけれど、駆け出しにとっての勝利とは、そうして恥も外聞もかなぐり捨てられるくらい価値があるものなのだ。

動博への出場を狙うコンペ参加者たちの間でも、「傾向と対策」において高度な情報戦が始まっていると思われる。

並び立つ猛者どもから突出するために、自分はいったいどのような動物を創るべきなのか。

まだお互いの顔も知らない参加者たちが、見えない火花を散らしている。

だからこそ、そのヒントを活かすことに後ろめたさを感じる必要はない。

違法なことはしたくない。

けれども、勝利は欲しいのだった。

「藤巻審査員長は、自分に似ているサルが好き」

図らずもそう聞いてしまったのだから仕方ない。記憶を消すことはできないし、あえてそのヒントから外れるというのもおかしな話だ。

裏動物横丁へ赴いた翌日、僕は藤巻氏について調べるために図書館へ赴いた。

雑誌コーナーで『動職通信』のバックナンバーを片っぱしから漁ってみると、インタビュー記事に藤巻氏と思われる写真が載っていた。四十代前半ほどに見える藤巻氏は、大きな目と鼻の穴が特徴的で、なるほど確かにチンパンジーに似ていた。

「チンパンジー……」

これでいこうと決心するのに、時間はかからなかった。

それからの五日間、僕はチンパンジーを創る練習に専念した。

基礎のねずみを膨らませ、ちょっとだけ日本酒を飲ませる。ねずみの顔が赤くなったらこねて成型し、仕上げにお尻をパチコーンと叩いてやる。すると顔とお尻の赤いニホンザルができている。そのニホンザルを元にして、チンパンジーを創り出す。

その創り出し方が重要だ。

チンパンジーはとっくに周知されている動物なので、インパクトが薄い。

鍵になるのは「どれだけ画期的な方法でそれを生み出したか」という点になる。

これまでに発見されているチンパンジーを生み出す手法としては、「ニホンザルと一緒に三か月ほど砂漠を旅する」というものがある。乾燥地帯にサルを置くと、体から瑞々しさが失われる代わりに、過酷なサバイブ生活によって筋肉がつく。すると、旅を終える頃にはあの体つきとシワシワの顔が出来上がり、チンパンジーが完成する。

僕にサルと砂漠を旅する時間はない。

新しいチンパンジー創造の術を探す必要がある。

でも、正解のないものに答えを出すほど、難しいことはない。

僕はコンペを翌日に控えた時点でも、最良の手法を導けずにいた。

なんとか術を探すべく、朝から二階の工房でニホンザルを前に苦心していると、昼過ぎに師匠がやって来た。

「な～にをずっと唸っとんだお前は」

「このサルをチンパンジーにしたいんです。でも、方法を思いつかなくて」

「ふうん」

「パンジーを嗅がせたり、晩年のクリント・イーストウッド作品を見せたりしたんですけど、うまくいかないんです」

師匠は、ぽりぽりと自分のお尻を掻いているサルを見つめた。

「……お前は、『チンパンジーを創ろう』と思って技をかけているな」

「え？　それじゃ駄目ですか？」

「駄目じゃない。だが動物を創る本質はそこにない。重点を置くべきは、『こうなって欲しい』という願いではなく、『そうあって欲しい』という想いの方だ」

何を言っているのかわからず、僕は首を捻った。

「要はな、もっと親心を持てってことだよ」

そうして師匠は工房を出ていこうとする。

その背に、「師匠」と、僕は無意識に声をかけていた。

師匠は振り返る。

カモノハシを『合体』で創ったって、本当ですか。

尋ねられない。

もし「本当だ」と答えられたら、GTに切った啖呵はもとより、師匠を信じてこの場所に来た自分の決意までもが否定されるような気がして、怖かった。

「んだよ」

僕が黙っていると、師匠は鬱陶しそうに眉間に皺を寄せた。

「これから暴れん坊将軍の再放送があんだけど」

「……いえ。明日はお休みをもらっちゃってすみません」

僕は、なんとか言葉を絞り出した。

「は。んだ今更」

師匠はそう言って、今度こそ工房を出ていった。

明日の午後一時、二駅隣の市民会館でいよいよコンペの関東大会が開催される。

英気を養うため、僕は早めに床に入った。気持ちを落ち着けてじっとしてみるけれど、緊張でなかなか眠れない。そのうち師匠が寝室に入ってきて、隣の布団についていき三分もしないうちに大いびきをかきはじめた。いつもは気にしないが、またそのいびきが今日はやけにうるさい。

たまらず身を起こす。

師匠は相変わらず掛け布団をぶっ飛ばし、叩かれたゴキブリみたいな姿勢になって幸せそうによだれを垂らしていた。

その間抜けな寝顔を見つめる。

目覚まし時計の針は、二時三十分。

音のないため息をついた。

僕は静かに寝室を出た。なんとなく、夜風にあたりたかった。

そっと二階のベランダに出る。使っていない物干し竿にしまい忘れた風鈴が吊られていて、過ぎ去った夏を惜しむ寂しい音を響かせていた。

晴れた夜空に、満月が輝いている。

救急車のサイレンの音がした。どこかなとあたりを見回して、すぐ右手に脚立を伸ばしたはしごが架かっていることに気がついた。

いつもはないはしごは、屋根へと続いている。師匠が架けたのだろうか。

僕は、興味本位ではしごを昇ってみることにした。

はしごを昇った先の瓦屋根の傾斜は、思ったよりもきつい。落ちないように気を付ける。少し上がっただけなのに、秋夜の空気が一層に澄んで、金木犀の香りがした。吹く風は涼しいというより寒かった。

慎重に這いつくばって進み、ようやくてっぺんに辿り着いて、僕は人影を見つけた。

ウカさんだ。

パジャマ姿のウカさんは、棟に腰かけ、ぽかんと口を開けて満月を見つめていた。スケッチブックを抱いている。右手には藍色のクレヨンが見えた。

「ウカさん」

僕が呼びかけると、ウカさんはまるでいたずらのバレた子どものように「！」という顔をし、どたばたとその場で暴れた。勢い余って落ちそうになり、干からびたカエルみたいになって瓦にしがみつく。慌てて彼女の元に行って引っ張り上げた。

汗だくになったウカさんは、胸を押さえて「ひい」と言った。

「何してるの、こんな夜中に」

僕は、再び棟に腰を下ろしたウカさんと並んで座った。

ウカさんは深呼吸をし、たっぷりの間を置いて、

「……絵、描いてて……」

ウカさんは、スケッチブックを閉じてうつむいた。

「月を描いてたの？」

「……そう」

「いつもこの時間に屋根に出てるの？」

「いつもじゃない」

ウカさんはうつむいたまま言う。「たまに」

「師匠は知ってるの？」

「秘密」

「そうなんだ」

それから僕とウカさんは、会話もなくぼけっと夜空を眺めた。

「……ナギくんは」

しばらく経った時、ふと、ウカさんが口を開いた。

「ん？」

「……ナギくんは、どうして動物職人になりたいの？」

僕はウカさんの顔を見た。彼女はうつむいたままだ。

「なんでいきなり、そんな質問？」

「……ナギくん、いつも、すごく頑張ってるから」

ウカさんは、ぱちぱちとまばたきをする。

「なんでそんなに頑張るんだろうって、ずっと気になってた」

僕は頬を掻いた。

再び夜空を見つめ、少しだけ考える。

そして、正直に答えた。

「うちね、もの凄い借金があって。それを返済するために、めちゃくちゃ大きなお金が必要で」

「うん」

「だから、動物万博で優勝して一等の賞金が欲しいんだ。そのために、一流の職人になりたくて」

ウカさんは「そっか」と呟いた。

「ウカさんは、どうして動物職人に？」

「……我慢できないから」

「我慢できない？」

「動物を創ってないと、うー、ってなる」

「なにそれ」

僕は笑った。

「なんか、禁断症状出ちゃったりすんの？」

「出ないけど、創りたくてたまらない時がある。動物創るの、とっても楽しいから」

ウカさんは「むやみに創ったら師匠に怒られるけど」と付け足して、

「でも、よかった。ナギくんも動物が好きで」

ん？　と思う。

僕は別に、「動物が好き」とは言っていない。

「えっと……。どうして、そんなふうに思ったの？」

「だって、ドウブツバンパクで優勝したいって……」

「それが？」

ウカさんは顔を上げて僕を見、きょとんとする。

やや戸惑って、

「……動物が好きだから、動物職人を選んだんでしょ？」

「え？」

「だって、大きなお金が欲しいなら、他にやりようがある。野球選手になったっていいし、社長になったっていいし、ケイバしてもいいし、宝クジ買ったっていいし
……」

「いやいや、でも、そんなのあんまり夢物語じゃんか」

「そうかな……？」

ウカさんは、再びうつむいた。

そして、

「ドウブツバンパクで優勝するのと、同じじゃないの？」

吸い込まれるような感覚だった。

僕は、うつむく彼女の横顔から視線を外せなくなった。

その通りじゃないかと思う。どうして僕は動物職人を選んだのだろう。大きな夢なら、動物職人以外でも見られるはずだ。どうせまっさらなところからスタートするのなら、それこそ彼女の言うスポーツ選手でも、起業家でも、一攫千金を狙うギャンブラーでも目指せばいい。

僕は、どうして彼女へのうまい返答が浮かばないのだろうと、その理由を考えた。と、あんまり僕が押し黙って見つめるものだから、所在がなくなったのだろう。ウカさんはスケッチブックの白紙のページを開き、一枚を丁寧に破いた。それを折り紙みたいにして、胸の前で器用に折っていく。

やがて出来上がったのは、ハートマークだった。そのハートに、彼女はクレヨンで、簡単な目と、鼻の穴と、嘴のようなものを描いた。

彼女はハートを左手のひらに載せ、右手でそれを覆う。そして目を閉じ、両手を上下に振りながら、「ぷいぷいぷい」みたいなことを呟いた。

ぱっ、と彼女が右手を上げると、彼女の左手に一羽の白い鳩が座っていた。ギンバトだ。

ギンバトは首をきょろきょろさせ、つぶらな瞳を僕に向けた。僕の顔をじっと見たのち、腕をつたってウカさんの左手から左肩へ、ウカさんの左肩から僕の右肩へと移動して、腰を下ろして落ち着いた。

「……なにこれ？」

僕が尋ねると、答えるように、ギンバトが「くる、くるるる、ホッホウ」と鳴いた。

「絶対優勝できるよ、クルッポ～、だって」

ウカさんは恥ずかしそうに言った。

僕は気づいた。彼女は所在がなくなったのではなく、返答に窮する僕に気を使い、励まし、楽しませようとしてくれたのだ。

「ありがとう、ウカさん」

僕が微笑むと、ウカさんも微笑んだ。

ギンバトが僕の肩から離れ、夜空へ飛翔する。すぐに風を摑んだその体が、満月を横切って遠くなる。ウカさんは夜空を指差し「ほら」と口を開いた。

「満月って、おまんじゅうみたい」

僕は月を見上げ、それからウカさんを見た。

彼女は、魅入られたように月を見つめている。白い月光に照らされる彼女の顔はなめらかな象牙の彫刻のようで、どうあっても彼女のことをもっと知りたいと思わせる魔力があった。

「……ねえ。ウカさんは、どこから来たの？」

身寄りのない、十五歳の少女。師匠が彼女を拾ってきた時から今日に至るまでの五か月、訊くべきタイミングを図っていたわけではない。

ただ、今こそ訊くべきなのだと、自然に思った。

ウカさんは月を見つめたまま、「『穴』」と言った。

「『穴』って……。この辺だったら『時の鐘』のとこの？」

「そう」

「その前は？」

「……わかんない」

「わかんない？」

「覚えてない。気がついた時には、『穴』の近くに立ってた」

ウカさんは自分の頭頂をぺたぺたと触ってから、暗い町を見つめた。

「『穴』の近くでぼうっとしてたら、すぐ近くに師匠がいて。私の手を取って、それでここに連れてこられて……」

ウカさんはその帰路に、この家の前で僕と出逢った。

「あたりを歩いているのは奇妙な人ばっかりだし、知らない場所だし……。何がなんだかわからなくてびくびくしてたら、師匠が優しい言葉をかけてくれたの。『大丈夫、ここは怖い場所じゃない。安心しろ、俺ん家の部屋を貸してやるからな』って」

「傍目に見ればかなりヤバイね」

「うん。私も、へんなおじさんについていくのは良くないってわかってたけど、でも……なんか、師匠は悪い人じゃないって感じたの」

ペテン師、というGTの言葉を思い出す。

「ウカさんは、師匠のことを信頼してるんだね」

「たまに怖いけど、でもほんとは優しいってわかるから」

「師匠のことが好きなんだね」

ウカさんは頷いた。

そして不思議そうに僕を見て、「ナギくんは好きじゃないの？」と言った。

屋根を下りて二階に戻り、ウカさんと「おやすみ」を言って別れた後、僕は工房へ入った。

カーテンの隙間から、月明かりが差し込んでいる。そこらに散乱している漫画本や映画のＤＶＤやパンジーや食パンやジーパンやパンチグローブを踏まないように歩いて、ケージの中を覗き込む。僕の気配に気づいたサルが目を開けて、キイキイと小さく鳴いた。

「ごめん。起こしちゃったね」

僕は、じっとサルを見つめた。

親心を持ってみる。

「きみは、チンパンジーになりたい？」

無反応。

「それとも、なりたくない？」

サルは、ぺたんとその場に座った。

「わかんないよね」

僕もあぐらをかいた。

「あのさ。実はサルって、僕にとっては好きでも嫌いでもない動物なんだ。可愛いかって言われればそうでもないし、かっこいいかって言われれば、これまたそうでもない。きみたちって、どの層をターゲットにしたデザインなんだろうね」

　こちらを見てはいないものの、サルは僕の小声に耳を傾けているようだった。

「だから他の動物に比べて、サルのことはそこまで勉強してこなかった。僕がきみについて知っているのは、基本的な部分だけ。……でもさ。実際に自分の手できみを生み出してみて、きみを観察してみて、初めて知ったことがある」

「……」

「きみって、目に感情が出るよね」

　サルの表情は動かない。でも、だんだんとその口が「へ」の字のようになってきた。

「目……瞳。瞳に、きみの感情が出る。それはどんな本にも載ってなかった」

「……」

「きみの瞳を見てたらさ。なんだか、心が通じるように感じるよ」

　その時、ぶしゅん！　と、サルが僕にひっかけるようにくしゃみをした。

　唾が盛大に顔面にかかり、悲鳴を上げて後ずさりした拍子に左足が何かを踏んでずるりと滑った。僕はそのまま仰向けに倒れ、したたかに後頭部を打った。ズキズキする頭をもたげて見ると、でんでん太鼓が転がっている。母が送ってくれたものだ。

「いてて……」

　部屋を片付けなければと思いつつ後頭部をさすっていると、サルがキイキイ鳴いた。

ケージの中から、でんでん太鼓に手を伸ばしている。欲しがっているようだった。

僕は這いつくばってでんでん太鼓を取り、サルに渡した。

サルは、でんでん太鼓の表側の巴紋(ともえもん)を見つめてから、くるっと裏返した。すると、紐の先の玉が鼓面に当たって「でん」と気の抜けた音がする。ハッとしたように、サルはもう一度、太鼓を表に返す。「でん」。手首を捻れば音が鳴ると気づいたサルは、それから夢中で、でんでん太鼓を鳴らし始めた。小さな子どもがとびきりのおもちゃを与えてもらったようだった。

そんなサルを見て、僕はまるで雷に打たれるように閃いた。

そうか。

師匠の言葉を指針にするなら、そのアイデアを試す価値はある。

算段をつける僕の前で、サルは無表情だが楽しそうに太鼓を鳴らす。

「ねえ」

ふと、話しかけていた。

「きみも僕たちみたいに、楽しくて笑ったりする?」

それはおそらく、夢だったのだろう。

僕の言葉に、サルはでんでん太鼓を止めて、「フッ」と鼻で笑った。

そして、サルは僕の顔を見つめ、「なにをバカな」と、存外低い声で言った。

続けて、

「楽しくて笑うかだって？」

「そんなの、当たり前だろ」と。

翌朝、コンペ当日を迎えた。

朝食を取った後、僕は準備をするため早めに家を出た。蔵造りの町の少し先にある商店街へ赴き、開店を待って金物屋を訪ねる。本当は楽器屋がベストなのだが、川越店に問い合わせたところ、目当てのものは大宮店にしか置いていないという。今から向かっていっては選考開始時刻の十一時に間に合わないので、代用品を探すつもりでいた。

幸いにも、金物屋にはちょうど良さそうな品があった。購入後、会場である市民会館へ向かうと、スーツを着た数名の係員が入口に立っていた。ＩＤＣＵの人間だ。

「お待ちしておりました」

閉じられた門の前には『動博代表職人選考会』と立札が出ている。係員は参加証を確認すると、門を開き、僕を控室へと案内した。

僕が到着した時、控室には既に三人の職人がいた。みんなで長机についてお茶を飲みながら談笑している。とても和（なご）やかな雰囲気だ。僕に気づいた三人は「よろしくお願いします」と頭を下げた。

「これで全員揃ったかな」

職人のひとり、禿頭の中年男性が皆を見回した。

「いや、もうひとりいるって聞いてますよ」

と、三十代くらいの色黒な男性。

「あなたがガオたんを創った方ですよね？」

美魔女ふうな女性が言うと、他のふたりは興奮した。

「えっ！」「まさかこんなにお若いだなんて！」

「いや、偶然にできただけで……」

「またまた、ご謙遜を」と禿頭職人は笑う。

「ガオたん、ド派手でかっこいいですよね！　私が生んだチャウチャウなんか、も〜ほんと地味で」

そう。ここにいる三人は、僕と同じように新種を生み出してコンペへの参加権を得た職人たちである。

そもそも未登録の新種を生み出すことが難しいために、やはりコンペの参加人数は少ない。先人たちがすっかり掘り尽くしてしまった鉱山の中で、まだ誰も見つけていない宝石を掘り当てるのは並のことではない。

つまり、ここにいるだけでも彼らが相当な手練れであるというのがわかる。礼儀正しく謙虚だが、きっとお腹の底ではメラメラと炎が燃えているのだろう。

今年の関東地区のコンペ参加者は、僕を含めて五人。その中からひとりが、動博の代表として選出される。

僕は作務衣に着替え、支度を整えた。十一時の十分前になって、係員の男性がやって来た。彼は「順番にご案内します」と言って、まず禿頭職人を会場へと促した。「道具を使用する場合はご持参ください」

「では、行って参ります」

「ご武運を」

審査を受ける職人の様子は、控室からもモニターで見ることができる。僕たちは観笑しつつも緊張感を持って、モニターを注視した。

オーケストラが余裕で収まりそうなほど広い舞台の真ん中に、ぽつんと簡素な小さい丸テーブルが置いてある。そこに強い照明がピンスポのように差していた。

オオカミの子どもを抱いた禿頭職人が上手から現れ、審査員へ礼をする。彼はオオカミをテーブルに載せ、ツボを入れて「おすわり、待て」と指示を出した。そして、舞台袖からサンパチマイクを持ってきてテーブルの前に置き、「いや〜しかし暑いでんな」と揉み手をしながら客席に向かって喋り出した。

「もう九月も終わりっちゅーんに、なんやろなこの暑さは。いつまで夏を引っ張っとんねん」

禿頭職人の突然の流暢な関西弁に、オオカミは首を傾げて耳を立てた。

「いやホンマ、これはあれやな、日本が夏に恋しとったな。ほんで振られたんや。やのに『行かないでーっ』ちゅうて、過ぎ行く夏への未練たらたらや」

彼はオオカミをちらりともせず、ひとりで喋り続ける。

「したらそれに我慢ならんのは秋やがな。『もうはよ夏のことは忘れてください』って日本に言うわな。『はようちと付きおうてください』『夏よりあたしの方があなたにふさわしいです』って」

彼の明るい声が響く。

「しかしな、日本はズバッと秋に言うんや。『ぼくは夏といるほうがサマーになるんです』」

そこで禿頭職人は、左手の甲で自分の胸を叩き、

「様になるみたいに言うなや！」

と、ひとりで突っ込んだ。

　その時、ジッと話を聞いていたオオカミの全身の毛が、ざわっ、と逆立った。

「それにな、アイスあるやろ。アイスは夏の食べもんやな？　夏を愛す（アイス）、すると恋が生まれる、恋がお盆（Born）……どや、あらゆるものが夏との恋仲に収束するようできとるんや。……いや秋にアイス食ったってええやろ！　ハーゲンダッツリッチマロンの立場考えたれや！　ほんでお盆（Born）ってなに⁉　『お』はなに⁉」

　禿頭職人はそれからも額に汗をかきながら、ひとりでボケてはひとりで突っ込むしゃべくりを続けた。

　会場の審査員も控室の職人も、誰一人、くすりともしていない。

　ただ、漫才を夢中で聞いているオオカミだけが、笑いを堪えるようにぷるぷると震えながら、体毛を長く、色を濃くしていった。

「でな、日本はこっぴどく夏に振られて思ったんや。『ぼくこそが、飛んで火に入る夏の虫やったんやな』って……」

　オチに来たのか、禿頭職人はより一層声を大きくする。オオカミが目を閉じ、口角を上げた。

「恋――列島をも狂わす、魔の感情やでぇ……」

　ここで満を持してというふうに、禿頭職人は、オオカミを見た。

「さあ、お前のセリフだ」と、彼の目が言っていた。

一声、オオカミが、大きく遠吠えをした。

ぼんっ！　と、ポン菓子が爆発するような音と共に、オオカミの体が白煙に包まれた。次第に煙が晴れ、テーブルに乗っているものが見えてくる。ぶちゃっとした顔の、もさもさした犬らしき動物が、楽しそうに尻尾を振っていた。

審査員の拍手が聞こえた。

「あれが噂に聞くチャウチャウか」

色黒職人が呟いた。

「こりゃあ凄え。まさか漫才を演じて新種を創るとは」

「『ちゃうちゃう、何ええ感じに終わらそうとしてんねん』っていうツッコミを託したのね」

美魔女職人は頷きながら言った。

「笑いを堪えさせる、っていうのもポイントだわ。しかめっ面みたいなその時の表情が、なんとも言えない案配で、もちゃっとしたチャウチャウの顔の土台になったのよ」

色黒職人は腕組みをする。「まあ俺にはあの漫才の面白さが一ミリもわからなかったけど、オオカミにはハマる何かがあったんだろう」

壇上では、禿頭職人が汗を拭いながら頭を下げていた。彼はチャウチャウを重そうに抱き、舞台袖へと消えていった。

「これはいきなり強敵現るだ。俺も負けてられないな」

色黒職人がグッと伸びをした。

「あら、ここから動博に出られるのはひとりだけよ？」

美魔女職人が妖艶に笑う。

「ぼ、僕も頑張ります！」

ついに闘志を表層へ出したふたりに負けじと、僕は拳を握ってみせた。

◇

「もー、ずるいじゃないですか、あんな達者な漫才して新種を創るだなんて。関西出身なら関西ブロックでコンペ出てくださいよ」

「いや、いや、私は出身がそうってだけで、群馬在住なんです」

汗だくで戻ってきた禿頭職人と入れ替わりに話をしつつ、今度は色黒職人が案内を受けて舞台へ向かった。僕と美魔女職人は禿頭職人を讃えつつ、再びモニターに注目する。

舞台に現れた色黒職人は、片手にバットのグリップが覗く紙袋を提げ、もう片方の手のひらにねずみを載せていた。サッとねずみのツボを入れ、テーブルにちょこんと座らせる。紙袋からタッパーを出して蓋を開け、小さく切った芋を与えた。

ねずみは芋を美味しそうに食べる。ひとかけ、ふたかけ、みかけと一心不乱に食べ続ける。そのうちに体がむくむくと太り、大きくなっていく。

頃合いを見て、色黒職人はバットを抜き、ねずみの前で素振りを始めた。

ブォン！　と唸りを上げるバットを、現在進行形で肥大化するねずみが見ている。

ブォン、ブォンとバットが鳴る。ブォン、バット、ブォンバット……。

素振りを見ながら芋を食べ続けていたねずみは、いつしか大きな鼻を持つ、黒灰色の体毛のウォンバットに変化を遂げていた。

「こんなウォンバットの創り方があったんか！」

禿頭職人が驚いた。

「駄洒落かどうかのスレスレをいく、なんちゅう力技！」

「確かこれまでは、韓国通貨のウォンの札束をバッと頭上に投げて、紙吹雪みたいに舞わせている間にねずみを膨らます手法しか確立されてなかったわよね」と、美魔女職人。

ウォンバットは新種ではない。だが、既存の動物であっても、新しい創り方を発見してそれを実演すると、大きな評価に繋がる。

しかし、色黒職人はそれだけでは終わらなかった。

「やい、ウォンバット」

　もぐもぐと芋を食べ続けているウォンバットを、色黒職人は見下すようにする。鼻を鳴らし、にたりと笑って、意地悪な顔をした。

「お前の母ちゃん、で〜べそ！」

　ウォンバットは、芋の咀嚼を止める。突然の言葉に「えっ」という表情で、色黒職人を見上げた。

「やーいやーい、デカいもぐら〜！　ずんぐりむっくり、へちゃむくれ〜！」

　ウォンバットはショックを受けたように、ぽと、と、前足で持っていた芋を落とした。わなわなと震え出し、鼻をぴくぴくさせる。

「出っ歯の内股、硬い尻〜！　夜行性の有袋類〜！」

　色黒職人が悪口を浴びせるにつれ、ウォンバットの体毛が波打つ。ゾゾゾ、と、頭部から臀部にかけて、毛が剣山の針のように尖り始めた。

　仕上げと見た色黒職人が、ウォンバットの鼻先をつんとつつき、「悔しかったらかかってこ〜い！」と言って、べろべろばーをした。

　もう我慢ならんとウォンバットは尾を振って、後ろ足を踏み鳴らす。怒りを示すように、すっかり変容した針毛をクジャクみたいに立てた。

「完成です！」

色黒職人は、客席に向いた。

さっきまでウォンバットだったそれは、初めて見る動物になっていた。背から無数に生える白黒の縞々の針は、鉛筆ほども太さがある。体形もいささかシャープになっており、ずんぐりというよりはシュッとしている。威嚇だろうか、尾を振ることでシュロロロという音を出していた。

「こちらは、新種、ヤマアラシでございます！」

おおっ、と、審査員たちから声が上がる。

「ウォンバットを怒らせることで、『怒髪天を衝く』という変化を起こさせました。彼の針毛はたいへん鋭くて危険ですので、お気を付けください」

色黒職人は得意げに言った。

「ヤマアラシ……！」

禿頭職人が膝を叩いた。

「彼はあの動物でコンペへの出場権を得たんだ。なんと突飛な創り方をするんだろう」

「私は感心しないわ」

美魔女職人はムッとする。

「悪口を言って新種を創るなんて」

「どんな手法があったってええんですよ」

「それはそうよ。でも、私はああいうことはしたくないわ」

係員に呼ばれ、美魔女職人は自分の荷物を持って席を立つ。控室を出際に、「私はもっとクレバーに、優しく動物を創るわよ」と言った。

色黒職人が控室に戻り、美魔女職人の実演が始まった。

紙袋を携えた美魔女職人は、まず連れてきたねずみを手早く真っ白なウサギにした。ウサギといえばこれという最もポピュラーな種、カイウサギである。

これがまたユニークな創り方で、彼女はツボを入れたねずみの耳元で、何かを囁いた。聞き取れなかったのだろう、ねずみは不思議そうに彼女を見て、「もう一度言って」というふうに首を捻る。彼女はまたねずみの耳元で囁く。ねずみは聞き取れない。囁く。聞き取れない……。

そんなやり取りを七度ほど繰り返したところで、ねずみの耳が、ぐん、と大きくなった。美魔女職人の声を聞き取るために、ねずみ自らが「耳を大きくしよう」と進化したのである。

そして、それこそが彼女の目論見だった。彼女は最初から、ねずみが聞き取れない声量で、何の意味もない言葉を耳打ちしていたのだ。

耳さえ進化すればあとは容易(たやす)い。美魔女職人は吹き竿をねずみのお尻に入れ、ぷうっと息を吹き込んでウサギを創り上げた。

「濡れたねずみを天日干しにしなくても、ウサギを創れるんだなあ」と禿頭男性。

美魔女職人は続いて、テーブルに座らせたウサギに、目を閉じるよう声をかけた。指示に従ってウサギが目を閉じたのを確認すると、彼女は紙袋から片手鍋を出した。中に、たっぷりとあんこが入っている。

「こしあんです。しっかり冷ましてあります」

美魔女職人はそう言って、ウサギの頭上で片手鍋を逆さにし、しゃもじであんこをゆっくりと掻き出した。でろでろとウサギにあんこが降り注ぎ、テーブルの上に溢れていく。

「何をしてるんだ？」と色黒職人。

あんこ塗(まみ)れですっかりあずき色になったウサギは、しばらくジッとしていた。葡萄の粒のような目が、ぱちくりしている。そのうちぺろぺろと舌を出して、あんこを舐め、ぴょん、とその場で一飛びした。それから夢中になって、前足であんこを掬って舐め始めた。

その間に、美魔女職人は舞台袖から水を張ったバケツを持ってきていた。満足するまであんこを舐めさせてから、ウサギを抱いてバケツに入れ、優しく洗い始める。「ぬるま湯です」と彼女は言った。

　そうしてすっかりあんこを洗い流したウサギだが、以前と色が違う。元々は白いウサギだったけれど、あんこが染み込んでしまったかのように、焦げ茶色の体毛をしている。耳もずいぶん短く、体も小さくなっていた。

「あっ！」と、禿頭職人が声を上げる。

「あれは、アマミノクロウサギじゃないか！」

　アマミノクロウサギといえば、カイウサギを奄美大島で最低一年は育てなければ創り出すことのできない希少な動物である。それをこんなにも手軽に創り出せるなんて、大発見中の大発見だ。

「先ほどのあんこは、特別栽培農作物として栽培されたとびきりの大納言小豆からできています。砂糖ももちろん、極上の上白糖。これらを手間暇かけて調理し、最高のこしあんにする。それをウサギに食べさせて、美味な甘みに衝撃を受けてもらう。するとウサギは、『この味をずっと味わっていたい』と思い、甘みの虜になりあんこ色に染まって、アマミノクロウサギになるわけです」

　美魔女職人は、アマミノクロウサギをタオルで拭きながら説明した。

「新種を生み出すよりも、希少性のある動物を簡単に創ってみせるという作戦だな」

色黒職人が悔しそうな顔をする。

「これは高い評価点をもらえそうだ。くそう……！」

その時、控室のドアがノックされ、係員が入ってきた。係員は申し訳なさそうに、「次の出番予定の火之(ひの)さんが遅れているので、繰り上げでいいですか？」と僕に言う。

「わかりました」

モニターでは、美魔女職人がアマミノクロウサギを掲げて拍手を受けていた。

さあ、ついに僕の番が回ってくる。

道具を収めた紙袋を携えて、控室を出る。係員の先導で通路を進み、ホールへ入った。

薄暗い舞台裏には、ねずみの入った小さなケージが準備されていた。事前に申請していた、僕の使用する基礎動物だ。

目を閉じて、深呼吸。

名前を呼ばれ、僕はケージを持って光の差す舞台へと歩んだ。

ホールは静寂に包まれている。照明が強烈で、目が慣れるまで少しかかった。奥行きのある客席は三階まであるが、人が座っているのは最前列だけだ。その最前列にいる四名の人物が、このコンペの審査員である。

そこにはデザインマーケットで会った後藤さんもいて、僕にぺこりと頭を下げた。

「順番が前後してしまってすみません」

ホールに響く声でそう言ったのは、『動職通信』で知った顔——藤巻氏、その人だ。

「それではこれより、来春に開催されます国際動物博覧会の出場者選考会を始めます。どうぞ、ご自身のタイミングで始めてください」

僕は頷いて、ケージからねずみを出し、慣れた手つきでニホンザルを創った。作業に臨む自分を高いところからもうひとりの自分が見ているように、とても冷静な気持ちだった。

ほどなくして、サルが出来上がる。テーブルの上でケージに手をつき「反省」のポーズをとるサルを見て、審査員たちは拍手をした。

「ニホンザルですね。とても綺麗な毛並みだ」

やはりサルが好きなのか、藤巻氏がにこやかに言った。

「創り方が上手だからでしょう。しっかり研鑽を重ねていますね」

「ありがとうございます。でも、まだ終わりじゃありません」

僕は紙袋の中から、金物屋で買ってきたものを取り出した。

「それは……?」

審査員たちが、目を丸くする。

僕は、その二枚のものを手に持って見せた。

「やかんの蓋です」

照明を受けて輝くそれは、ラグビー部員の口に麦茶をぶっこむ時に使うような、金色のやかんの蓋部分だ。

僕は、二枚のやかんの蓋の取っ手をサルに差し出した。

サルは、ポケッとした顔でそれを受け取る。「なんだ?」というように、両手に持った二枚のやかんの蓋を持て余す。取っ手を摑んだまま、僕を見る。

「それ、面白いよ」

僕は、サルに言った。

返そうとしたのだろう、サルは二枚の蓋を合わせて僕に差し出そうとして、シャン、と鳴った音に動きを止めた。蓋と蓋が重なったことで発生したその音に、首を捻る。

サルは再び、二枚の蓋を合わせた。

シャン。

そうか、とサルは気づく。

この蓋は、音を出す。

重ね合わせると、楽器になる。

サルが勢いをつけて、やかんの蓋を合わせ出す。何度も何度も繰り返す。

審査員たちが身を乗り出した。

サルの傍らにいる僕の胸中には、ふたつの言葉が渦巻いている。

『ドラえもん』あったら読むだろ。

『こうなって欲しい』という願いではなく、『そうあって欲しい』という想い。

きみにとって初めてのおもちゃと言えるシンバルがあったら、きっと鳴らすだろう。

でんでん太鼓のように、その音を気に入り、楽しんでくれたなら、とても嬉しい。

僕は、きみに笑って欲しい。

僕たちと同じように、楽しくて笑うなら——笑って欲しい。そうあって欲しい。

「……ああっ！」

審査員たちが、驚きに目を見開いた。

彼らの視線の先にいるのは、やかんの蓋をシンバルとしてシャンシャン打ち鳴らし、全身を徐々に変化させているサルの姿だ。

薄茶色だった体毛が、黒色になっていく。さっきまでの無表情が、歯茎を見せるほどの笑顔になっている。顔面に、幾筋もの皺が刻まれていく。

サルが蓋シンバルに熱中していたのは三分ほどだ。それだけの時間で、サルはテーブルの上に収まり切れないほど大きくなった。

変化を終えた動物が、僕の足元に降り立った。その動物は審査員に背を向け、笑いながら、僕に見せるように蓋シンバルを鳴らす。

「わかった、わかった」

僕は苦笑して、その動物の頭を撫でた。「うんうん、楽しいね、楽しいね」

「それは……それは、チンパンジーではありませんか！」

藤巻氏が席を立ち、嬉しそうに声を上げた。

その通り――今、僕の足元にいるのはニホンザルではない。

明々白々、哺乳綱霊長目サル科、まごうかたなきチンパンジーだ。

「き、きみ。チンパンジーを創る新しい手法を見つけたんだね⁉」

藤巻氏は興奮して言った。

「ニホンザルを楽しませることで、『笑顔』というチンパンジーの土台になる表情を浮かべさせ、それを基軸に変容させたのか。まさかそんな発想があったなんて……！」

審査員のひとりが言う。

「これはチンパンジー愛好家たちの間で革命が起こりますね」

「これほど容易に生み出せるなら、国内の供給速度が格段に上がります。なんたって、わざわざ砂漠に行かなくてもいいんですから」

　アマミノクロウサギも凄かったけれど、「日本の」動物愛好家にとってより貴重なのは、チンパンジーの方だろう。

　なにせ日本には、砂丘はあれど、砂漠がないのだ。

「アマミノクロウサギは、まず極上の食材を用意するという時点で高いハードルがあります。しかしこのチンパンジーは、なんとやかんの蓋だけでできてしまう。万人に浸透するよう、動物職人の創作手法とはシンプルであればあるほどいい。彼の技は見事にそれをクリアしています」

　審査員の講評に、藤巻氏はうんうんと頷いた。

「あなたの技、しかと見させて頂きました。ありがとうございました」

　僕は藤巻氏が言って、審査員たちが席を立ち、拍手をした。

　僕はチンパンジーの手を取り、頭を下げる。今になって息が切れた。

　やった、と思った。僕は動博への切符を摑めたかもしれない。現実感のない三億という数字が急に身近に感じられた。これで母を救う道が切り拓かれたのでは――。

「ああ。先の職人たちの素晴らしい技巧といい、今回の選考は実に有意義なものだなあ」

　そう満足げに言いながら、藤巻氏が再び席に腰を下ろした、その時。

「ああ、ちょっと！」

　ふいに、舞台の下手から大きな声が聞こえた。

「困ります、火之さん！」

　見ると、係員の制止を聞かず、舞台の中央へ——こちらへと、ずんずん歩んでくる人がいた。

　火之と呼ばれたその人物は、僕と同世代くらいの男性だった。赤い髪のソフトモヒカンで、両耳にわっかのピアスをつけている。逆三角形の目で、実に不機嫌そうな顔をしている。職人の正装である作務衣を羽織ってはいるものの、内ヒモも外ヒモも結んでいない。中に着ている目玉の飛び出たドクロのプリントTシャツが恐ろしい。

「なんだね、きみは」

　藤巻氏が怪訝そうに言った。

「あの人は、ナギさんの前に出る予定だった方です」

　審査員が藤巻氏に言う。

「エミューという新種を認定された、火之という職人です」

　火之は審査員たちを見回し、それから僕に向いた。

「おい、てめえ」

　火之は僕の傍のチンパンジーを見て鼻で笑い、僕の前に立ってガンを垂れる。

「てめえがナギか」

少しだけ気圧されたが、本能的に退いてはならないと思い、僕は「なんだお前」と言った。

「どけよ。てめえの番はもう終わりなんだろ」

火之は、僕の肩をぐいと押す。

「さっさと帰れ」

「……おい。そりゃあんまり無礼だろ。僕はきみが遅れたから先に出たんだぞ」

「そうだよ、火之くん。まずは彼に感謝と謝罪を」

そう言う藤巻氏を、火之は「うるせんだよ、このサル顔野郎」と睨みつけた。

「いいから、てめえらは黙って俺に動博のチケットを寄こせ」

「なんてこった。こりゃ話にならん！」

藤巻氏は怒り、手元の書類をぶちまけた。

「帰るのはきみだ、この礼儀知らずめ！」

激昂する藤巻氏を前に、しかし火之は少しも狼狽えない。

「俺にそう言える立場かどうかは、こいつを見てからにしろ」

火之は「来い！」と叫び、下手に向かって手招きをした。

飛び出してきたその動物は……一目でわかる。

新種だ。

火之は、にたりと笑って僕を見た。

「ガオたんとかいう剛毛のネコを生み出して、さぞいい気持ちだろう。だがな、俺はてめえの上を行く」

ぬたぬたとした足取りで火之の隣にやって来たのは、大きいネコだ。見た目の時点でネコ科であるのはすぐにわかる。

でも、黄褐色の全身に行き渡る、毒々しいまだら模様は見たことがない。

その動物は、それこそ師匠が生み出したメスガオたんに墨汁を撒き散らしたような体色をしていた。

「まるで黒い雹が全身に降り注いだみたいだろ。だから俺は、こいつをヒョウと名付けた」

火之はふんぞり返る。

「審査員ども。その手法がどうであれ、新種を生み出したらでっけえ点数をもらえるはずだ。俺はエミューだけじゃなく、更にこの新種も創ったんだ。じゃあ、てめえらが下すべき評価は決まってるよな?」

審査員たちは口をつぐみ、照明に照らされてきらめくヒョウを見つめた。誰もがその美しさに息を飲み、ごくりと喉を鳴らす。僕だってそうだ。

ヒョウ……がっしりしているのに、どこかしなやかな体。長い尾の先まで斑紋が入っているが、よく見れば背からお腹にかけてのまだら模様だけ梅花状になっていて、恐ろしさの中にわずかな可愛らしさを醸し出している。髭は絹を捻って作ったように白い。漏斗状の耳介を立て、ほんのりと青みがかった目で遠くを見ているその姿は、月に似た高貴さがある。

　こんなにも均整の取れた、斬新なデザインの動物は初めて見た。

「結果を楽しみにしてるからな」

　火之は薄ら笑いを浮かべ、ヒョウと共に、ずかずかと舞台を後にした。

◇

　最後にトラブルはあったものの、無事にコンペを終え、あとは天命を待つのみとなった。

　十二月二十五日の夕方、ウカさん宛てに御法川から荷物が届いた。ハート柄の包みの箱で、クリスマスプレゼントらしい。玄関で開封してみると、燕尾服を着た御法川の巨大なアクリルフィギュアが出てきた。ウインクをし、こちらに手を差し出している。余白に直筆サインとキスマークが入っていた。僕はフィギュアを不燃ごみの袋に詰めた。

夜になって、僕たちは三人でささやかなクリスマスパーティをした。ウカさんがやりたいやりたいと珍しく駄々をこねたのだ。師匠は乗り気ではなかったけれど、あんまりウカさんがはしゃぐので仕方なく付き合ってくれた。師匠はウカさんに甘い。

ウカさん特製の料理が、狭い炬燵（こたつ）にずらりと並ぶ。一羽まるまる焼いたチキンを切り分ける様子を、ピヨ美が震えながら見ていた。

町で流れているのだろう、窓を開けると遠くからかすかに『恋人がサンタクロース』が聞こえてきた。ひゅうと入り込んでくる冷たい風が、ぬくまった部屋に気持ちいい。夜空を見れば、シャンシャンと鈴を鳴らして、トナカイとサンタクロースのソリが北へ飛んでいった。

「さみい。閉めろ」

炬燵に入っている師匠が、ブスッとして言った。

あらかた料理を食べ終え、ウカさんが「ケーキ！」と手を叩いて居間を出る。

「お前、帰省しねえのか？」

野生児のようにチキンの残りにかぶりつきながら、師匠は僕に尋ねた。

「今年はしません」

「あっそ。じゃ大掃除頼む」

師匠は大きな喉仏をごくりと鳴らしてチキンを飲み下した。

「ちゃんとおふくろさんには言っとけよ」

その一言はとても意外だった。

「師匠にも人を気遣う心があったんですね」

「ほお、失礼じゃん」

それから僕と師匠は、ぼんやりとテレビを見つめた。

トーク番組で、売り出し中らしいゲストの女優さんが趣味を尋ねられている。女優さんが「カモノハシのグッズ収集です！」と答え、自宅の様子を映したＶＴＲが流れ始めた。ぬいぐるみやらＴシャツやら、寝室にぎっしりとカモノハシグッズが溢れ返っていた。

「凄いですね。愛されてますね」

僕が言うと、師匠は興味なさげにお茶を啜（すす）った。

そして、

「な。ウケなきゃ意味ねえんだ」

「え？」

「なんでもねえよ」

師匠は大きなげっぷをした。

やがてウカさんが、特大のケーキを運んできた。ホイップクリームたっぷり、いちごてんこ盛りで、砂糖でできたひよこのマスコットが載っている。中央のチョコプレートには『クリスマスおめでとう』と書いてあった。

ウカさんはデコレーションの隙間に三本の太い蠟燭(ろうそく)を立て、チャッカマンで火をつけた。照明を落とし、テレビを消して、「さん、はい」と言う。

「何が？」と、師匠と僕の声が重なる。

きょとんとして「歌」と、ウカさん。

「さん、はい」

ウカさんは小さな声で、恥ずかしそうにハッピーバースデーの歌を唄い出した。この場にいる誰の誕生日でもないのに、いったい何のお祝いをしようというのか。仕方ないので僕も唄う。ウカさんの視線を受けて、師匠も渋々唄い出す。

闇を拭う蠟燭の火。金色の光が食卓を照らす。

「♪ハッピバースデー・ディア・キリスト〜。ハッピバースデー・トゥーユー」

歌を唄い終え、ウカさんは拍手した。僕と師匠は顔を見合わせる。

誰も消そうとしない蠟燭の蠟がケーキに落ち、ウカさんが「ああっ」と言った。

◇

コンペ通過の一報が来たのは、年が明けて間もない一月初旬。

師匠とウカさんが一緒に買い出しに行き、僕が留守を預かってほどなくのことだった。

『おめでとうございます』

黒電話の受話器越しにその第一声を受けてから、数分ほど記憶がない。

没我を経てなんとか意識を取り戻し、僕はすぐに母に電話をかけようと思った。

今、ＩＤＣＵの人から電話が来たよ。僕、動物万博に出られるよ。夢の舞台に立てるんだ――伝えたい言葉が喉の奥でつかえて、しゃっくりが出た。

深呼吸をして、いよいよ受話器を手に取ろうとした時、電話がかかってきた。

あまりの驚きで受話器をお手玉する。

「はい、はい」と慌てて応答。「石井です」

『明けましておめでとうございます。えーと……ナギくん？』

その溌剌とした声は、どこかで聞き覚えがある。

そうだ。デザインマーケットで会った、青宮さんだ。

「青宮さん？」

『お、よく覚えてたね！』

青宮さんは、声をより大きくした。

『知り合いに聞いたよ。動博に出られるんだってね！』

「あ、はあ……」耳が早い……。

『凄いじゃん！　さすが十字さんの認めたお弟子さんだよね！』

それから青宮さんは『こりゃー師匠も鼻高々でしょ！』と言って、

『でも、まさか一位がふたりもいるなんてね。同点だなんて前代未聞じゃない？』

「え？」

『あれ、聞いてない？　今年の動博に出る関東代表はふたりいるんだよ。きみと、あと、火之？　とかいう人』

おそらく電話でＩＤＣＵの人がそれも伝えてくれたのだろうが、舞い上がっていた僕はてんで聞いていなかったようだ。

あんなにも審査員から反感を買っていたのに、火之もコンペ通過とは……藤巻氏はきっと０点をつけたと思う。では、誰かが高得点を入れたのか。

青宮さんは、『コンテスト、応援するからね！』と言って電話を切った。

祝電をありがたく思いつつ、さあ次こそ母へ電話をかけようと思った。

が、偶然は重なるもので、置いた受話器を再び取ろうとして、またも電話がかかってきた。

　すぐに受話器を取ると、

『ナギか？』

　耳の奥に張り付くような、べっとりとした嫌な声。

『お前も動博に出られるんだって？』

　受話器の向こうにいるのは、御法川だ。

『嬉しがってるかもしれないけれど、そう簡単にはいかないぞ』

「……何？」

『最高のタイミングで、最高の嫌がらせをしてやる』

　僕は言い返そうとした。

　しかしその前に御法川は言った。

『とんでもないことしてやるよ〜ん！　震えてろ！』

第四章　カモノハシ

冬の抱擁で凍っていた町が、春の輪郭に触れて溶け始めた。

動博出場の決定を告げると、母は驚きと喜びに飛び上がった。実際に見たわけではないが、電話越しに「ぴょん、ぴょん」と飛び上がる音が聞こえたのである。最初の「ぴょん」が驚きの「ぴょん」で、次の「ぴょん」が喜びの「ぴょん」だ。

『本当におめでとう！　まさかナギにこれほど才能があったなんて！』

「いいって、そういうの」

『本心よ。お母さん、農園を離れられなくて会場へは行けないけど、当日はテレビの前で応援してるからね。いい結果になりますように！』

母の期待に応えるべく、僕は鍛錬に励んだ。師匠の稽古がない日にも『動物工房』でアイデアを試したり、図書館にこもって職人の技が記録されたビデオを漁ったりする。時には銭湯のおじさん……柳田（やなぎた）さんに頼んで、浴場の掃除と引き換えに指導をしてもらう。

「ねえ、ナギくん。動博はチンパンジー一本でいくんでしょ？」

ある日の夕方、浴槽を磨いている僕に柳田さんは言った。彼は僕が代表であると知っている。「師匠には内緒に」と約束して、事情を話したのだ。

「きみはとても上手にチンパンジーを創れるものな。出展でもコンテストでも、きっといい評価をもらえるよ」

動博代表に選出された職人は、まずパビリオンへ動物を出展しなくてはならない。それを自身の修練の成果物として、三日間の動博期間中に観客に見てもらうのである。メインステージで開催されるコンテストでは、出展した動物をパビリオンから連れてくる。条件が揃うのであれば、実際にステージ上で動物を創ってみせてもいい。

もちろん新種の方が高い評価を得られるが、出展するにせよ創作するにせよ、大抵の職人は自分が得意としている動物で勝負する。開催の迫るこの時期に新種の開発に勤しむというのはとんでもない賭けで、それよりも慣れた手法で完璧な状態の動物を創った方が堅実なのだ。

ところが僕の全身には、博打一族の血が元気いっぱいに巡っている。

狙うは当然、新種の出展なのだった。

「いやあ、ナギくん。ここは素直に自分の代表作で評価してもらおうよ。その方が無難だし、しっかり実績も作れて、今後のきみのキャリアになるよ」

柳田さんの言うことはもっともだと思うけれど、そうはいかない。

幸運に幸運を重ねてここまで来られたのは、僕が懼れず大穴に張り続けたからだ。

今の僕には「勝ち」の流れが来ている。ここはその流れを信じて新種を生み出すしか、僕が動博で優勝できる可能性はない。

勝負とは、保身を考えた時点で負けの影が差すものだ。

僕には、勝つか負けるか、百かゼロかしかない。

そうして開発に悪戦苦闘する日々が続いたが、僕は三月に入っても新種を創れずにいた。

動博は、四月一日から始まる。

焦る気持ちがないわけではない。

けれど、もはやここまで来て方針を転換する僕でもない。

目を閉じれば浮かぶ、現ナマでドカッと積まれた三億円のきらめき。

そのきらめきが照らし出す、『差し押さえ』の札のない林檎農園……！

◇

ある日の午後、寒空の下を歩いて図書館から帰宅すると、玄関前に怪しい男がいた。

黒い紳士帽に黒いサングラス、鼻まですっぽりのマスクをしている。高そうなもふもふのコートを着て、ぴかぴかの革靴を履いていた。

「どちら様でしょうか？」

不審に思いながら背後から尋ねると、男は「ん？」と振り向いた。

「うちに――あ、石井の家に御用でしょうか？」

「うち？」

男は少しだけ考えるふうにして、

「ああ、きみがウカくん？」

「え？　いえ、僕はナギと申します。石井の弟子です」

「なんだって？」

男は驚いたように言い、サングラスとマスクを取った。

――息が止まるかと思った。

「やあ、これはびっくりだ。ふたりも弟子がいるのか！」

そうか、変装してたんだ。

じゃないと、この町じゃ正体がバレた瞬間にパニックになるから――。

殴られたように理解した途端、ぶわっと鳥肌が立った。

「十字と話がしたいんだけど、今、いるかな？」

そう言って、岡本大朗氏は微笑んだ。

間の悪いことに、師匠は留守だった。用事以外では滅多に外に出ないウカさんもいないので、ふたりでどこかへ行っているのだろう。秘密の特訓でもしているのかもしれない。

「せっかく来たから、ちょっとだけ待たせてもらおうかな」

大朗氏がそう言うので、僕は彼を居間に通した。お盆を持つ僕の手があんまり震えてぽちゃぽちゃお茶を零すのを見て、大朗氏は「そんなに緊張しなくてもいいよ」と笑った。

そういうわけにはいかない。

目の前に、あの岡本大朗がいる。

ＩＤＣＵの会長だ。動博の審査員長だ。

パンダの大朗だ。

本物だ。

「ファファファァ、ファァンですぅ」

「ありがとう。ところで、きみも十字の弟子だと言ったね」

「あ、は、はい。去年の四月からお世話になっています」

「まだ一年も経ってないのか。それにしても、よくあいつが弟子を取ったなあ」

大朗氏は面白そうに言ってお茶を飲んだ。

なんとなく近寄りがたい人だと勝手にイメージしていたけれど、実際の大朗氏はとても柔和な人だった。目元の優しい、品のいい紳士という感じだ。整えられた白髪も美しい。ただ『動職通信』の写真で見るよりも、少しぽちゃっとしていた。

「ところで、今日はどういったご用件でしょうか？」

僕が尋ねると、大朗氏は懐からしわくちゃの紙を取り出した。

「返信が来たと思ったら、たった一言、『俺の代わりに弟子のウカを出す』なんて書いてあるもんだから。どういうこっちゃってことで、話を聞きに来たんだよ」

それは秋頃、師匠が丸めて投げ捨てた動博への招待状だった。

まさか本当に師匠の企み通りに話が通ってしまったのかと思ったが、

「いくら私でも、いきなり見ず知らずの人間を動博に出すことはできないよ。あの招待状は十字なりゃこそと思って、特別に用意したものなんだからね」

「その断りを入れに、わざわざ？」

「ああ。久しぶりに顔も見たくなったしね」

大朗氏は居間を見回して「それにしても、昔と何も変わらないなあ」と、楽しそうに言った。

そう言えば、ずっと気がかりだったことがある。

「どうして、師匠に代表証を?」

僕は正座してちゃぶ台についた。

「最近の師匠は、まるで動物を創りません。新種登録したのもカモノハシが最後だし、お世辞にも現役とは言えないと思うんですが……」

「うん」

「それでも特別参加枠をあげようとするのは、どうしてなんでしょう……?」

「それはね。きっと今でも、あいつは動博に出たいはずだから」

全く事情がわからない。

「あのう。師匠と大朗さんは、どのようなご関係なんですか?」

大朗氏はふふふと笑った。「知らない人の方が多いよなあ」と呟いてから、

「私と十字はね、兄弟弟子なんだよ」

大朗氏は、遠い目をして微笑んだ。

「そうだなあ。あいつが帰ってくるまで、昔話をしようか」

そうして、大朗氏は語り出した。

◇

「この家はね。元々、私たちの師匠のものだったんだよ。師匠が亡くなって売りに出たのを、十字が買い取ったんだ。

それにしても、一緒に暮らしていたのはもう三十年以上も前になるんだね。

私と十字が出逢ったのは、お互いに十八の時だった。

きみは、運命ってやつを信じるかい？

私は信じるね。あいつとの出逢いがまさにそれだ。なにせ、全く同じ日の全く同じ時間に、師匠の家の門を叩こうとして鉢合わせになったんだから。

まだ寒さの残る、春のことだ。

私は高校を卒業して間もなく、四国の田舎から鞄ひとつでこの町に出てきた。もちろん、師匠に弟子入りするためだ。動物職人を目指す当時の若者にとって、師匠は知る人ぞ知る存在だったんだよ。きみも、石で貝を叩いて食べ、潮に流されないよう別の個体と手を繋いで眠る『ラッコ』というユニークな動物を知っているだろう？　あれを最初に生み出したのは、私たちの師匠なんだ。

早朝に夜行列車が到着し、私はドキドキしながらこの町に踏み出した。

濃い靄のかかる朝で、まるで自分が夢の中に迷い込んでしまったような気持ちがしたよ。道中、必死で考えた弟子入り志願の口上を何度も反芻したなあ。ノートに覚え書きした一言一句を、完璧に暗記したもんだ。

やがてこの家が近くなって、朝靄の中に人影が浮かんできた。門の前に、誰かが立っている。そのうちはっきり見えてきたのは、若い男だ。難しそうな顔で仁王立ちをしていた。私と同じく、鞄をひとつ提げて。——ああ、そいつこそ、十字だ。

私と十字は門の前に立って、言葉なく見つめ合った。お互いに『なんだこいつは』と思っていたんだろうな。それから『たのもーう』というふたりの大きな声が重なったもんだから驚いたよ。この男も弟子入り志願者かと察した時には、十字がまるで刃物みたいな視線を私に向けていた。

『なんだてめえは。あの人の弟子になるのは俺だ。帰れ！』

いきなりそう言ってくるんだもんな。なんて無礼者だろうね。

むろん、私は怯まなかった。これこそ噂に聞いていた都会の洗礼だと思ったし、実家を捨てて出てきた手前、引き下がれるはずがない。負けてなるものかと言い返したよ。

『お前の方こそ帰れ！』

師匠も、さぞびっくりしたろうね。物音に出てきてみれば、家の前でふたりの若い男が朝っぱらから本気で殴り合いをしているんだから。

十字は喧嘩慣れしていたみたいで、もう私はボッコボコだ。でも、私も十字の髪を思い切り引っ張ってやった。よほどうるさかったんだろう、近所の家々から住人が顔を覗かせ始めた。

出で立ちから一目で私たちを弟子入り志願だと見抜いた師匠は、とても冷静に私たちの後襟を掴んで引き離し、それぞれに隕石みたいなゲンコツを落とした。それはもう痛いというより、生まれてきてごめんなさいと思わせるようなゲンコツだったな。たまらずふたりで頭を抱えたよ。

師匠はとんでもない怪力で、そのまま私たちを家の中に引っ張り上げた。それからお互いの事情を聞いてもらって、家事を条件に住み込みを許してもらい、私たちは弟子になったんだ。

『お前たちを引き受けるからには、きっと一人前になるまで面倒を見よう。約束だ』

師匠は、大樹のような人だった。滅多なことでは怒らないし、度量も広くて気前も良かった。行き過ぎてちょっと大尽風（だいじんかぜ）を吹かせるところもあったが、いつでもどっしりと構えて、私たちを穏やかに育ててくれた。

だが、そんな師匠にも、ひとつだけ我慢のならないことがあった。

交わした約束を破られた時、師匠は烈火のごとく怒り狂うんだ。

師匠は『約束』というものを非常に大切にしていた。どうしてかはわからない。ただ、私たちに人としての教えを説く時、いつも『約束を守ること』を第一に伝えていた。

『嘘を吐かないこと』。『動物に愛を持って接すること』。『金は借りないこと』。『他人に迷惑をかけたらしっかり頭を下げること』……これらは全て生前の師匠と交わした約束の一部だ。まだまだある。ことあるごとに師匠は『約束』と言い、小指を差し出していたんだ。

ふふふ、どうして私がこんな話をするのかって？

この話こそが、十字と動博に繫がっていくからだよ。

切磋琢磨していく中で、私と十字はしばしば対立した。私たちの間には、動物職人に対する考え方に大きな齟齬（そご）があったんだ。

私たちの最終的な夢は『素晴らしい動物を創る』ということ。

ただ、その『素晴らしい』の定義が、ふたりの中で違っていたんだね。

私は『広く大衆に受け入れられる動物』こそが『素晴らしい動物』だと考えていた。こんなに動物が溢れている世の中で、どうやって自分の動物を見つけてもらえばいいか。それにはやはり、その動物に接する人――つまり、受け手の心や感性に寄り添わなければならない。

動物なんて、職人であれば誰でも創れるだろう。そんな中で一線を画すには、その動物だけではなく、その先にいる人を想わなければならない。すなわち、ポップさを追求する必要がある。『素晴らしい』という評価をつけるのは、自分ではなく他人なのだからね。みんなに喜んでもらってこそ『素晴らしい動物』だというのが私の主張だ。

それに対して、十字の考え方はこうだ。

『独創的な動物』こそ『素晴らしい動物』。

ポップ？　クソくらえ。見る側を気にして動物なんか創ってられるか。だって、世の中のほとんどはアホだぞ。自分よりアホな連中に寄り添って、新しいものが生まれるはずがない。自分よりアホな連中から評価されて何が嬉しいんだ。こちらは思い切りアクセルを踏み込むから、ついてこれる奴だけついてくればいい――。

とても乱暴な考えだが、今にして思えば、それもひとつの真理なんだと思うよ。

でも、やっぱり当時は若かったから、私たちはそれはそれは衝突した。衝突というか、もう激突だね。夜、屋根の上に寝転がってお互いの理想論なんかを語り出したらさ、十分後には殴り合いが始まってる。お前は間違ってる、いーやお前の方が間違ってるって取っ組み合って、ふたりで屋根から転げ落ちて同じ救急車に乗ったこともあったなあ。

時が経つにつれ、私たちの溝は次第に大きくなっていった。

私はより大衆受けする動物を目指し、そして十字はどんどん革新の方向へのめり込んでいった。あの頃のあいつの目つきはおかしかったね。少しでも手を出せば噛みついてくる獣のようだった。

何をしたって、いいものを生み出したい。

だからね、あいつは破ってしまったんだ。

『裏』に関わっちゃいけないという、師匠との約束を」

「師匠の元で修業を始めて三年が経ち、私たちが二十一歳を迎えたその年、アメリカで動博が開催されることが決まっていた。師匠も私も参加を目指して奮闘したが、残念ながら新種を創り出すことは叶わなかった。
しかし、十字だけはコンペへの出場資格を手にした。
その夏、十字は『バビルサ』という新種を生み出した。知っているかい？　一見するとイノシシなんだが、なんと成長するにつれ牙が湾曲して伸びていき、最後は自分の頭に刺さって死んでしまうという、たいへんクレイジーな動物だ。十字がバビルサを生み出した時はかなりショックだったよ。まさか自分で自分の命を絶つ動物を創るだなんて。それこそ、時限爆弾を突き付けられたような衝撃だった。

当然のように、十字はコンペを勝ち抜いた。その頃から十字の腕は折り紙付きだったからね。

そうして十字は彗星のごとく現れた新人として動博優勝への期待を持たれていたんだが、ある時、数枚の写真がＩＤＣＵに提出されてしまう。

それは、十字が『裏動物横丁』に出入りしている写真だ。

『裏動物横丁』ってのは、いくら潰してもそのうちまたどこかに自然に創られる、厄介な闇市だ。常識のない職人たちがたむろして、怪しいことに励んでいる。十字が出入りしていた『裏動物横丁』は浦和にあった。あいつはそこに足繁く通って、画期的な動物の創り方を研究していたんだ。

それが知れた時の師匠の怒りぶりときたら、まさに地獄の閻魔大王だ。

目ん玉飛び出るくらいのゲンコツを落とされて、さすがの十字も我に返って猛省をした。だが、反省すれば許されるというものではない。日本の代表職人の中に『裏』と繋がっている奴がいると知れたら大事だ。それに十字は普段からの粗暴な態度も問題視されていたから、ＩＤＣＵは十字の動博代表権と共に、職人としての権限も永久剝奪するという厳しい決定を下した。

それに食い下がったのは……本人じゃない。

『私の職権と引き換えに、石井を許してやってください』

職人人生三十年、師匠は迷いなくそう言って、当時のＩＤＣＵ日本支部長の前で土下座をした。

その光景をね、私たちは見ていたんだよ。師匠は気づいていなかったろうが、私たちは買い出しの最中に、偶然、それを近くの樹の陰から目撃した。

雪のちらつく冬の日だった。市民会館の駐車場、車から出てきた支部長に向けて、師匠はうっすらと雪の積もる地面に、ぐりぐりと頭をこすりつけた。『どうか石井を許してください』『彼は天才なのです』『いずれ必ず動物職人界を変える男になります』ってね。鬼気迫る懇願だったよ。

支部長はたじたじだったが、師匠の熱意が通じたんだろう。望み通り、師匠の職人としての権限を剝奪する代わりに、十字を許してやると言った。

その時の師匠の顔ったらね、もう、救われたような笑顔だった。今後、二度と動物を創れない――自分の全てであった職人人生が終わったのに、途方もなく嬉しそうだったんだ。

思わず飛び出していきそうになる十字を、私は必死に止めた。ここでお前が出たら、師匠に恥をかかせることになるぞ。これ以上師匠の顔に泥を塗るのはよせ、と。

そして、師匠は支部長にぺこぺこと頭を下げながら、はっきりと言ったんだ。

『ああ、約束を守れる』

私たちが一人前になるまで、面倒を見るという約束……。

師匠はその約束を守るために、自らの過去と未来を捧げてくれたんだ。

ただ、職人追放は撤回したものの、ＩＤＣＵは十字の動博参加を認めてくれなかった。そりゃそうだろうね。不正の可能性のある職人を、世界の舞台には立たせられない。

そして、十字は師匠の土下座を目の当たりにしてから、もう二度と私たちの元には戻らなかった。研修過程を終わらせないまま、いなくなってしまったんだ。

師匠はとても悲しんだよ。『約束を破ってしまった』と言って、本当に元気をなくしてしまった。

でもね、私は十字を責める気にはならなかった。二度と帰れない十字の気持ちも、痛いほどわかったから。

私はひとりで研鑽を積み、二十四で独り立ちした。プロの職人として、フェレットやシマリスといった、みんなに受け入れてもらえる動物をコンスタントに発表した。ありがたいことに好評で、生活に困ることはなかったよ。

私が独立してからも、師匠はずっと十字を気にかけていた。

職人を辞めてはいないものの、十字が借金苦に陥っているという風の噂が聞こえてくると、師匠はたいへん心を痛めて、どこに送ればいいのかもわからない金を用意していた。『もし顔を出したなら、できるだけのことをしてやろう』と、よく言っていた。師匠は、十字を息子のように思っていたんだね。

亡くなる最後まで、師匠は病床で十字のことを私に尋ねていた。意識も混濁しているのに『十字はどうしてる』って。『あいつは元気ですよ』と私が言うと、師匠はにこっと笑ったもんだ。

だから、十字がカモノハシを生む前に師匠が逝ってしまったのは本当に残念だった。十字がとんでもない新種を生み、一気に地位と名誉を得たことを知ったら、師匠はさぞかし喜んだろう。

師匠は、約束をしっかりと守れたんだ。

十字もまた、師匠のことを父親のように思っていたんだろうよ。師匠が死んだと知って、すぐにこの家に戻ってきたんだから。あいつは何にも言わないが、師匠に感謝していることだろう。『穴』にカモノハシを送る時も、きっと師匠に隣にいて欲しかったはずだ。

――そう。

きみと同じように、私たちにも青春の弟子時代があったんだよ。今じゃすっかりおじさんになってしまったが、でも、老いと引き換えに得たものがある。それがこの地位だ。私はこの地位を利用して、あの時出られなかった動博に、十字を出してやりたいんだ。

そんな気持ちで招待状を送り続けているんだが、あいつはとんと無視を決め込んで

――」

◇

大朗氏が苦笑した時、がらら、と玄関の引き戸の開く音がして、師匠とウカさんが帰ってきた。

やはり動博のための特訓をしていたのか、ウカさんは明らかに疲れた顔をしていた。師匠はと言えば、突然の珍客の来訪に固まって、眉毛をぴくぴくさせている。

「帰ったか、十字」

大朗氏は、にこにこと手を挙げた。

「……ちょっと用事を思い出した」

踵を返して居間を出ようとする師匠の肩を、立ち上がった大朗氏が慌てて掴む。

「まあまあ、落ち着け」

「……なんだてめえ、いきなり来やがって」

「お前、五十三にもなってまだそんな口の利き方しかできないのか。お前は永遠に品ってもんと無縁らしい」

険こそあるが、そう言う大朗氏はとても楽しそうだ。口調の端々から、友であり、ライバルであり、兄弟弟子でもある存在と久しぶりに再会できた喜びが溢れていた。

「んだこの。何の用だよ」

「あのね、お前にたーんと話があるの」

大朗氏は師匠と肩を組んだ。

「よし、飲みに行こう」

「離せバカ。俺が飲めねえの知ってるだろ」

「いいだろ、いいだろ。十年ぶりくらいの再会じゃないか」

大朗氏はそのまま、嫌がる師匠を無理やり引きずって家を出ていってしまった。

「離せー！」という師匠の声が遠ざかっていく。

ぽつんと残された僕とウカさんは、顔を見合わせた。

◇

おそらくふたりは深酒になると見越して、僕とウカさんは早めに夕食を取り、それから銭湯に出かけた。

澄んだ春寒の夜空に星が輝いている。息を吸うと肺まで冷たい。寒さに弱いらしいウカさんがあまりにぶるぶる震えるので可哀そうだった。

「ゆっくりあったまるといいよ」

「でも、遅くなっちゃう」

「大丈夫。きっと師匠も遅くなるし、時間を気にせず入りなよ」

「……わかった。ありがとう」

「じゃ、上がったら銭湯の前で」

ウカさんと別れ、僕はいつもよりじっくり風呂に入った。寒さを湯船で溶かし、茹で上がるほどポッポしてきて、ふらふらになって出た。

ウカさんより少し前に出て待っていようかと思ったけれど、なんということか、彼女はそれから一時間も出てこなかった。彼女が本気で風呂に入ると二時間はかかるのだと僕は学んだ。彼女が銭湯の前に出てくる頃には、僕の体は寒風に吹かれてすっかり冷え切ってしまっていた。

「お待たせ」

頭から湯気を立ち昇らせるホカホカのウカさんは、なんだかとても上機嫌だ。彼女は二本の牛乳の瓶を持っており、一本を僕に差し出した。まあありがたいことにべらぼうに冷えている牛乳を受け取り、ふたりで一緒に法律に則って手を腰に当てて飲んだ。

それから僕たちは、のんびりと帰路を辿った。

道中、珍しいことにウカさんは鼻歌を唄った。とても小さい声だったが、僕にはばっちり『およげ！　たいやきくん』のメロディが聞こえていた。

「銭湯でいいことでもあったの？」

僕が尋ねると、ウカさんは頭に乗せていたタオルを抱えているケロリン桶に入れて、恥ずかしそうにうつむき「別に」と言った。

「何かあったでしょ」

「ない」

「ウカさんも鼻歌を唄うんだね」

「唄ってない」

「えらくご機嫌じゃん」

「普通」

「何？　体重計ったらちょっと痩せてたとか？」

ウカさんは明らかにムッとした。そのままひとりでずんずん先に行ってしまう。「ごめんよ」と僕が言うと、彼女は歩調を緩めて僕を振り返った。許してくれたかな、と思ったが、彼女はケロリン桶に入れていたタオルを掴み、「にょいにょいにょい」みたいなことを呟いてから、バッと僕にタオルを放った――そのタオルは、もうタオルではない。空中で変化した白いオコジョが、僕の顔にお腹からビタッと引っ付いてきた。

「ぎょえっぷ！」

たまらず僕がひっくり返ると、ウカさんはふふふと笑った。彼女はてけてけと戻ってくるオコジョの鼻先をつついて、再びタオルに戻した。

「ひどいことするなあ」

「ひどいこと言うから」

僕たちは仲直りに笑い合い、またぼんやりと帰路を歩き出した。

「タオルをオコジョにできるんだね」

「うん」

「自分で元にも戻せるんだ」

「うん」

「そう言えば、僕をガオたんから助けてくれた時、傘をコウモリにしてくれたよね」

「うん」

「でも、そのコウモリたちは勝手に傘に戻っちゃったよね。なんでだろ」

ウカさんは、人差し指を顎に当てて考えるふうにした。

「たぶん、私がそんなに乗り気じゃなかったから」

「どゆこと?」

「あの時は、ナギくんを助けなきゃ、なんとかしなきゃって気持ちで動物を創った。だから、私があわあわあわしてるのがコウモリたちに伝わっちゃって、駄目だったんだと思う」

確かに、ウカさんが五月に生み出したひよこたち——今ではすっかり立派なニワトリたちは、大福に戻らず、師匠の建てた庭のニワトリ小屋でコケコケ鳴いている。師匠が手を加えたフラミンゴのピヨ子も、そのままの姿でその辺をうろうろしている。

もしかすると、ウカさんが生み出す動物の核は「楽しい」という彼女自身の気持ちなのかもしれない。その核が小さいと動物はほどなく元に戻り、大きければ大きいほど姿を留め続けるのではないか。何となく、僕はそんなふうに考えた。

十時頃に家に帰り着き、僕たちは炬燵に入ってお茶を飲んだ。「師匠が帰宅するまで待っているから先に寝ていいよ」と伝えたけれど、ウカさんは「私も待ってる」と言う。

僕たちは、見るでもなくテレビを眺めて時間を過ごした。

それから一時間、二時間、三時間が経ったが、師匠は帰ってこない。

これは朝帰りかしらと覚悟する。ウカさんはがっくんがっくんと船を漕いでいた。「休みなよ」と声をかけるが、彼女は「大丈夫」と言って、頑なに聞かなかった。

「……あのね」

お笑い番組がＣＭに入った時、ウカさんが口を開いた。

「あれ、嘘」

「え？」

「ご機嫌じゃないっていうの、嘘」

「ああ、帰り道に話してたこと？」

ウカさんは頷いた。

「あの……大朗さん？　と会って、師匠が嬉しそうだったから」

いつもの仏頂面で鬱陶しそうに眉間に皺を寄せていた師匠は、僕からはとても嬉しそうには見えなかった。

「師匠、嬉しそうだった？」

「嬉しそうだった」

ウカさんは、じっとテレビを見つめたまま言った。

「だから、私も嬉しかった」

玄関の靴棚が倒れ、上に置いていた花瓶や招き猫やらが落ちてしまったのだろう。かなり騒々しい音がして、僕たちはびっくりして廊下を見た。「おい平気かよ」「へいきへいき」という声が聞こえてくる。

大朗氏と師匠の声だ。

慌てて窺うと、師匠と、師匠に肩を貸している大朗氏が玄関に倒れ込んでいた。ふたりとも凄まじくお酒臭い。「ああ、ナギくん」と大朗氏は言い、「下戸のくせに調子づいちゃってさ、このザマだよ」と、苦笑して師匠を見た。

「きゅ、救急箱！」と言い、ウカさんが慌てて二階へ上がる。僕は大朗氏に頭を下げた。

「ありがとうございます。師匠を送ってくださって」

「なあに。道に捨て置くこともできたけど、それじゃ凍死しちゃうから」

大朗氏は笑った。「さすがに人殺しはね」

「あ、今お茶を」

「いや結構。私はもう帰るよ。タクシーを待たせてある」

大朗氏は玄関の引き戸に手をかけた。

「それじゃ、こいつを頼むよ」

そして、がら、と少しだけ引き戸を開けたところで、ふいっと僕に振り向いて、

「ナギくん。きみは動博の代表だったんだね。ついさっき気づいたよ」

大朗氏は意地悪にニヤッと笑い、「期待しているよ」と言って、静かに出ていった。

コップ一杯の水を飲ませてから、僕とウカさんはふたりがかりで師匠を引きずって居間に運んだ。この寒いのに汗びっしょりの師匠は、すっかり酩酊して苦しそうに唸っている。

「どうしたら……」

救急箱を抱えて、ウカさんはおろおろした。

「ちょっと休ませて、もう三杯ほど水を飲ませてから、今日はここに布団を運んで寝かせよう」

僕が言うと、ウカさんは救われたような顔をした。

「ナギくん、酔っ払いに慣れてる？」

「まあ、ちょっとだけ」

僕は座布団をふたつに折って枕にし、師匠の頭の下に置いた。「師匠、師匠」と呼び掛ける。目を閉じたまま「うーん、うーん」と師匠は言う。ウカさんがその背をさする。

「師匠、お水を飲めますか？」

「ううーん……」

「無理にでもお水を飲んでください」

「うーん……」

「そのままだと脱水で死ぬかもしれませんよ」

「うーん……うるせえなあ……」

師匠はもったりと身を起こし、炬燵に入って机にドカッと突っ伏した。

「ちょっと、ほっといてくれよ……」

「そういうわけにはいきません。頑張って。ここでお水を飲んだら明日が楽だから」

「あ」

師匠は呟き、もたっと上体を起こして、傍らにいる僕の顔を据わった目で見つめた。何十秒もそうしているので、「なんですか」と訊くと、師匠は急に体をくの字に折り、滝のように嘔吐した。うわきったねえ、くせえ、いやあ何これ、誰これと僕たちは逃げ惑った。

それから鼻をつまんでなんとかゲロをかたし終えた時には、二時を回っていた。もう半分以上夢の世界に足を突っ込んでいるウカさんに今度こそ休んでもらい、僕は師匠の介抱をした。

　吐き気は波のように来る、と母は言っていた。寄せるタイミングはひたすら耐えてもらって、引いた時にすかさずお水を飲ませるの。これを繰り返せば酔っ払いの扱いなんて楽勝よ、と。

　僕は、師匠がうんうん言うのが落ち着くタイミングで水を飲ませた。

　二杯目を飲ませ終えて、師匠がか細い声で「お前……」と呟いた。

「なんですか？」

　僕は耳をそばだてた。

「お前、どうして……師匠……選……」

　ぽつり、ぽつりと師匠は言う。

　お前はどうして俺を師匠に選んだのか、と言っているようだった。

「そりゃ、師匠はぶれないからです。創る動物も、生き様も」

「そう……」

　師匠はぐったりしたまま、小さく答える。

「そう、だから……あの人は、凄い……」

　あの人？

「お前も……だから、パンダなんてよ……。そんな、師匠みたいな……」

「あのう、師匠？」

「あの人の……動物は……。芯が……ぶれねえ……」

もしかして、と思う。

師匠の言う「師匠」とは、自分のことではない。

今、師匠は、僕を大朗さんだと勘違いして喋っているのではないだろうか。

それから師匠は、まるで自分に言い聞かせるように呟いた。

「師匠の動物はよ……優しい……優しい……それが……師匠の……芯……ずっと……優しい……ガキの頃、初めて……ラッコを、見た時から……優しい……優しさ……」

僕は黙って聞いていた。

「それは……俺には、ないものだから……」

師匠は目を閉じた。

「だから……教えて欲しかった……」

その師匠の背に、遠い日の父を見る。

僕は師匠の背をさすり、最後の一杯の水をゆっくり飲ませた。

師匠は水を飲み終え、目を閉じたまま言った。

「大朗、お前……師匠に似てきたなあ……」

◇

翌朝、いつも通りの時間に起き出して居間へ行くと、やはり師匠がくたばっていた。もの凄く気持ち悪そうに、なぜか炬燵机の上に仰向けに寝て、四肢を投げ出し唸っている。

「大丈夫ですか？」

「いや、ダメだね」

師匠は眉間に皺を寄せ、目を閉じたまま言った。

僕は台所から水を持ってきた。師匠はそれをゆっくりと飲み干し、「ダメだ」と言った。

「ずいぶん進んだんですね」

「あいつが飲ませたんだ」

「昨日のこと覚えてますか？」

「ぼんやり」

階段を下りる音が聞こえて、ウカさんがやって来た。彼女は打ち上げられたヒトデみたいになっている師匠の姿を見て笑い、台所に行って水を持ってきた。師匠はそれをゆっくりと飲み干し、「ダメだ」と言った。

「ウカ、すまん。今日の特訓は休みにさせてくれ……」

「師匠。特訓も何も、ウカさんを動博には出せないって大朗さんから聞いたでしょ」

僕が言うと、師匠は瞼を開け、充血した目で天井を見つめた。そのまま昨夜のことを思い出しているんだろうなという分ぴったりの間をあけて、舌打ちをした。

「あいつ、ウカがいかに凄い腕を持っているのか話しても、頑として首を縦に振らん」

「職権乱用はできないということですよ」

「許せん。何としてでもウカを動博に出すぞ……！」

師匠は勢いよく身を起こし、炬燵机の上に立った。が、足を滑らせ腰から床に落ち、痛みに四つん這いになったところで吐いた。

師匠は一度言い出したら聞かないので、その翌日、本当に東京にあるＩＤＣＵの本部へ出かけていった。しかし門前払いを喰らったようで、東京駅でラーメンを食べてすぐに帰ってきた。
師匠はきわめて憤慨した。そして何かしらの決心をしたらしい。玄関の上がり框に

どっかりと腰を下ろし、不敵に笑って「見てろ」と呟いた。

その「見てろ」が行動となったのは、三月最終週だ。

年度末のややこしい事務作業を終えてようやく暇をつくった師匠は、ウカさんを連れてまた東京へと繰り出した。実際にウカさんの力を役員に見せ、特別参加枠としてねじ込んでもらう気らしい。

「動博の終わる四月三日までには戻る。留守は任せたぞ。セールスは全て断れ。火の用心」

師匠は僕にそう言いつけ、戸惑うウカさんの手を引いて家を出た。

「いってらっしゃい」

ふたりを見送り、戸がぴしゃんと閉じられたところで僕は息を吐いた。

ひとりになり、しんとした静寂が満ちる。

師匠は知らない。

僕が、動博に出ることを。

春の吐息が幹を温め、桜の蕾を起こしていく。蜂蜜のような陽光がまったりと注が

れて、町は優しく萌えていた。

　開けていた窓を閉じようとして、桟に一枚の赤い紙吹雪が落ちているのを見つけた。動博開催に沸く動物横丁から飛んできたのだろう。その時、音だけの花火が青空に上がった。柔らかな薄桃色の風に、お祭りの気配が運ばれてきた。

『ご覧ください、こちら最終準備を行っております会場です。世界中の職人が会する四年に一度の動物たちの祭典が、いよいよ明日の午前十時から始まります！』

　三月最終日の早朝、僕はテレビを消して、荷物をまとめたリュックを背負った。

　未だ新種はできていない。

　現状、僕が動博のパビリオンに出展する動物はチンパンジーになっている。「やかんの蓋」による手法についての説明文も、ＩＤＣＵに送付済みだ。当日、檻に入れられたチンパンジーの前には、その説明文を記載した看板が立てられる。

　コンテストも同様で、審査員の前で実際にチンパンジーを創ってみせる予定だ。

　つまりこのままいけば、僕はチンパンジーで勝負することになる。

　それでは勝てない。

　だからこそ、まだ諦めない。

　僕は、母から届けられた段ボールから林檎を一玉取り出して、懐かしい、甘酸っぱい匂いを肺のいっぱいに嗅いだ。すると、心に一滴の真っ赤な絵の具が落ちた気がして、ざわざわした気持ちが落ち着いた。

この林檎を、お守りに持っていこうと思った。

「行ってきます」

家を出る際、誰にでもなく言った。

動物万博が、始まる。

第五章　動物万博

動物万博の会場となるのは、東京湾に位置する埋め立て地である。

東京ビッグサイトの南から海底トンネルが通っているその地は、出島のような扇形をしている。約１００万haの土地に、その動物の生息に適した環境ごとのパビリオンが建ち並ぶ。

動博は、動物の健康管理上で三日という短い開催期間だが、それでも期間中には約二十万人の来場が見込まれている。会場は観客の興奮と熱気に包まれて、まさにお祭り状態と化す。

新しい動物を見たい、知りたい、学びたい。

今、インテリジェント・デザインの最前線ではどんな動物が生まれているのか。どんな命の形があるのか。動博とは職人にとっての競技会であるだけではなく、生命の誕生祭でもあるのだ。

三月三十一日、動博開催前日。

僕は電車を乗り継いで東京へ赴き、動博会場から近くにあるホテルに入った。

ここは日本代表の宿舎になっているホテルだが、一般の宿泊客もいるらしい。午前九時に着いた時点で、ロビーは人でごった返していた。外国人が非常に多く、様々な言語が飛び交っている。動博のために、世界中から集まった動物ファンたちだ。

チェックイン待ちの列に並べばいいのかと考えていると、「ナギさん！」という声が聞こえてきた。ホテル内に入っているコンビニの脇、大きなパンダのオブジェの近くで『日本代表はこちら』というプラカードを持った後藤さんが手を振っていた。

僕は後藤さんに歩み寄って「おはようございます」と声をかけた。

「おはようございます。いやあ、前日から凄い人ですねえ」

後藤さんはハンカチで汗を拭った。

「ナギさんはチェックイン不要です。こちらで部屋を手配してありますので。これを」

僕は、後藤さんから部屋のカードキーと、動博関係者であることを示すパスを受け取った。

「簡易的な工房が付いた、職人専用の特別なお部屋をご用意しています。そちらで出展動物をお創りください。できた段階で動物を会場に移しますので、ご一報くださいね。提出期限は本日の午後五時です」

「わかりました」

「基礎動物は、フロントにお電話くだされば部屋にお持ちします。では」

僕は後藤さんと別れ、部屋のある九階へ行くべく、エレベーターホールへ向かった。

ロビーを横切ろうとして、異様に目立つニワトリのとさかのようなものがひょこひょこしているのを見つけた。そいつは鋭い眼光で人ごみを割り、穴あきジーンズのポケットに手を突っ込んで、ずんずんとこちらへ歩いてくる。

「よう、チンパン野郎」

ニタリと笑みを浮かべて、火之は僕の目前で立ち止まった。

「おさるさんの用意は万全か？」

「朝から喧嘩したくない」

僕は火之を無視して歩き出した。

「腰抜けめ。見てろ、ボコボコにしてやるからな！」

火之は大声で言った。

◇

部屋に着いた僕は、軽食を取った後、ひとまず基礎動物からチンパンジーを創った。続けて、チンパンジーをこねたり伸ばしたりと、ここから更なる新種を生むべく試行錯誤してみる。

しかし、やはりうまくいかない。

林檎を嗅いで、焦る気持ちを落ち着かせる。

大丈夫。まだ時間はある。

僕は、物珍しそうに窓の外を眺めているチンパンジーの横顔を観察した。黒い毛がふさふさしている。顎のあたりだけ白い毛が生えている。耳が大きい。瞳が茶色い。手と足が長い……。

一通りの道具は試した。色んな映画やドラマも見せた。歌も唄って聞かせたし、童話や小説も朗読した。

それでも、チンパンジーは変化しない。

「きみは、それが最終形なの……？」

僕は、チンパンジーに尋ねた。

チンパンジーはこちらを向き、何を考えているのかわからない顔をして「さあ？」と目で言った。

それからノートにアイデアを書き殴るだけの無益な二時間が経って、いよいよ頭が煮えたぎってきた。動いていないのに、体まで汗びっしょりになってくる。チンパンジーは勝手にベッドを使ってぐうぐう眠っていた。

風に当たりたくなって、僕は散歩に出ることにした。

せっかくだから会場を下見しようと思い、ホテルの前から専用のシャトルバスに乗る。

走り出してすぐ、バスは海底トンネルに入った。車窓にもたれ、等間隔で過ぎる橙色の明かりを見つめる。風景が流れることで動物に見える壁面の仕掛け絵が面白い。あれはハムスター、あれはキリン、あれはラッコ、あれはウマ……。

バスが地上に出て、明るさが目に染みた。

光に慣れた目がまず捉えたのは、空に浮かぶ、キジのキャラクターのアドバルーンだ。通常は赤いはずの顔周りが桃色で、ハートマークを横に倒したみたいに見える。絆創膏の貼られた頭を片翼で押さえ、「テヘッ」というようにウインクをしている。あれは今回の東京動博のマスコットキャラ『うたれまい君』である。他にもたくさんの動物型バルーンが会場から浮かべてあり、『Animals World Expo TOKYO』という垂れ幕がついていた。どれもデフォルメされた動物の姿で、とても可愛らしい。

広大な駐車場を少し行くと、降車場に着いた。

僕はバスを降り、あたりを見渡した。

入場ゲートの端に、動博グッズを売ると思しき複数のイベントテントがある。その近くに『関係者入口』とスタンド看板の出ている門口があり、係員が立っていた。

僕は係員にパスを見せて、作業員たちが最終確認を行っている会場内へと歩み出した。

煉瓦敷きの道が伸びていて、左右に等間隔で木々が立っている。その木はどれも動物の姿形に剪定されていて、木から木への間には万国旗が提げられていた。

そのまま道を直進すると、大きな広場に出た。

そこは、まるで未来都市だった。

幾何学模様のガラスの天蓋から陽の光が差していて、色とりどりのタイル張りの地面を輝かせている。道々に透明なチューブが通っていて、その中を、ネコを模した形の車が浮遊して走っている。方々に伸びた通路の先には、それぞれ独特な形をしたパビリオンが見える。広場の中心には丸い星のオブジェがあって、どういう理屈か、接地することなくゆったりと回転していた。

「凄いや……！」

ホテルの部屋から携えてきた会場内のパンフレットを開く。

今、僕のいるこの場所が、会場の起点になる中央広場だ。ここから分散する通路の先に、世界地理区分で分けられた、全五棟のパビリオンが並ぶ。

各パビリオンではその地域の気候が再現されており、適した生態を持つ動物が展示される。つまり、その動物を創った職人の「国籍」ではなく、その動物の「過ごしやすい」環境で展示場所が分類されるということだ。ちなみに僕のチンパンジーは、『アフリカ館』に搬入される予定になっている。

北の一角には海洋生物のエリアがあり、人工海水池と水槽が点在している。更にその北には、巨大なタンカーが着岸していた。中をまるまる改造したタンカーで、水槽では収まらない大きさの海洋生物が展示されるという。

そして、広場の向こう正面にあるスクリーンを備えた大きなメインステージこそが、最終日に行われるコンテストの舞台だ。

音楽フェスで見るような屋根付きの巨大ステージで、左右に数基のドでかいステレオと、舞台の様子を映し出す用の大画面モニターが据えられている。屋根の中央には『Animals World Expo TOKYO』という立体看板がつけられており、それぞれの文字が独立してカラフルに発光していた。

「ナギくん！」

大迫力のステージに感心していると、背後から声がした。

振り返った先にいたのは、青色のジャンバーを着た青宮さんだ。

青宮さんは「ＳＴＡＦＦ・青宮さなえ」という証明写真付きのパスを首から提げていた。こちらにやって来て、「やー、下見に来たんだね！」と嬉しそうに言った。

「お久しぶりです。動博のスタッフだったんですね」

「そう。私も動博を間近で体験したいから、ボランティアで働くの。第一線の職人たちの創る動物を見て勉強するんだ！」

　青宮さんはうきうきしていた。

「これから会場内を見て回るなら、案内してあげよっか？」

「わあ、それは助かります！」

　僕は青宮さんと散策することにした。

　座ったゾウ型の自販機に、スカンクのオブジェのようなトイレ。目が電球になっているネコ型の街灯に、口を大きく開いたワニ型のゴミ箱……などなど、目につくもの全てが動物をモチーフにしたデザインで、会場内はまさしくテーマパークみたいな趣だ。細部までしっかり作り込んであって、まるで夢の国を歩いているようだった。

　趣向を凝らした設置物に感心しつつ行くと、近くのパビリオンから、既に収容されている動物たちの鳴き声が漏れ聞こえてきた。すぐに動物名を推測できる声もあれば、まったく聞き覚えのない声もある。

「ねえ、ナギくん。試しにどっかのパビリオンに入ってみない？」

「えっ、いいんですか？」

「いいのいいの。私パビリオン担当じゃないけど、堂々と入っちゃえば怒られないよ」

　そうしてずんずん行く青宮さんの後に続き、僕は『アジア館』という中国建築風のパビリオンに入った。

竹を基調に造られた薄暗い館内では、スタッフたちが忙しなく行き交っていた。アジアの気候を再現しているのだろう、高温多湿に感じる。広い通路には順路を示す矢印があり、動物園のように展示区画が整理されていた。

当世具足(とうせいぐそく)や和傘の飾られている和風な日本区画には、まだ動物が収容されていない。

「ちょっと早かったね」と青宮さんは言った。「明日、また来ようっと」

僕たちは更に奥へと順路を進んでいく。

そのうち、鳴き声が聞こえてきた。視界が開けて出展スペースが見えてくる。岩場や水辺などの地形が作り込まれた大きな檻の中で、準備の済んでいる動物たちが悠々と過ごしていた。どれもこれも初めて見る、あるいは既存だとしてもびっくりするほど見た目の美しい動物ばかりだ。

ドリルみたいにねじれた角を持つ、芸術的な造形の「ブラックバック」。キツネのようなイタチの「テン」。あのスイギュウも映像や図鑑で見るものとはまるで毛並みが違うし、隣のギンギツネなんか、それこそ銀箔を身にまとっているみたいにきらきらしている。

「やっぱり凄いね。これが世界レベルってやつだね!」

動物たちを見て回りながら、青宮さんは楽しそうに言った。

そうして中国区画に差し掛かった時、ある展示スペースの前で、じいっと説明看板を読んでいる人物がいた。

白衣を着たひょろガリの男性で、その顔にははっきりと見覚えがあった。

ＧＴだ。

なぜここに、と思うより早く、僕は反射的に青宮さんの後ろに隠れた。

「どうしたの？」

「いえ、なんでも……。あ、あの、そろそろ出ましょう、青宮さん」

「え～？　せっかく侵入したんだから、もうちょっと見てこうよ」

青宮さんはどんどん歩いていく。僕も慌てて続く。

「ほら、見て！　岡本大朗さんの新作だって！」

青宮さんはＧＴと並んで、展示スペースを指差した。

竹林を模したそのスペースには、黒い模様がひとつもない、真っ白なパンダがいた。

『ホワイトパンダ』と看板が出ており、「東京動博のために、大朗氏が特別に創った動物」と説明文があった。

「うわあ、ステキだねえ……！」

青宮さんは目を輝かせて、ぺたんと座って笹を齧っているホワイトパンダを見つめた。

「ほんとにそうかい?」

青宮さんに応えるように、GTはパンダを見つめたまま呟いた。

「白のパンダは、パンダじゃなくて白クマだ」

GTはヒヒヒと笑う。「こんなの、何にも革新的じゃない」

明らかにイラッとした青宮さんは、GTを睨んだ。

そして「なによ、あんた」の「な」と彼女が発する前に、僕は青宮さんの手を引っ張った。

「ほら、あっち行きましょう、あっち! ゴールデンターキンとかいうのがいますよ!」

僕は青宮さんを連れて、その場を離れた。

なんとか気づかれずに済んだと思ったが、やはり甘かった。

◇

その後も青宮さんと少しだけ会場を回ってから、僕はホテルへ戻った。「明後日はボランティアもお休みするから、もし時間が合えば合流しようよ。電話番号プリーズ」と彼女は言った。僕は彼女が電話をかけられるよう、ホテルの部屋番号を教えた。

出かけたことで頭は冷めたが、とうとう最後までアイデアは出なかった。

タイムリミットの午後五時になり、僕はやむをえず、後藤さんにチンパンジーを引き渡した。

「では、こちらをナギさんの出展動物としてパビリオンに運ばせて頂きますね」

後藤さんは、懐から鍵を出して僕に渡した。ずしりとくる鉄製で、持ち手部分に『A—7』と刻印がある。

「こちらはチンパンジーを収容する檻の鍵で、創作者としての証明にもなるものです。動博終了後は、ご自身で動物を引き取りにいらっしゃってください。もちろん、引き取らないことも可能ですよ。その場合、創った動物は動物園に送られますので。——それでは、良き動博を」

後藤さんとチンパンジーを見送り、僕はうなだれた。

ここまでか……。

夢見た三億が一気に遠のき、僕はベッドに寝転んでしばらく身動きが取れなかった。徐々に暗くなる部屋で、明かりを点けずに天井を見つめる。母は今、どんな気持ちで僕を応援しているのだろうかと思ったら、情けなくて、込み上げてくるものがあった。

僕は、賭けに負けたのか。

幸運の連鎖は、終わったのか……。

何時間そうしていただろう。部屋はすっかり暗くなり、窓の外には夜景が輝いていた。ぐーっと腹の虫が鳴った。悲しいことに、落ち込んでいてもお腹は減る……。

何でもいいから胃に入れようと身を起こした時、机の上にあった備え付けの電話が鳴った。

僕は受話器を取った。

「はい」

『やあ、ナギくん。ボクだよ。GTだ』

動揺した。

『いよいよ明日から動博だね。ポンコツ職人どもの動物を笑ってやろうと思って、ボクも顔を出すことにしたんだ』

「どうして僕がいる部屋の番号を知ってるんですか？」

『そんなことはどうでもいいよ。ところでナギくん。キミは、キミの言っていた信念に基づいて、素晴らしい動物を創ることはできたのかい？』

僕は無言でいた。

『できなかったんだね』

GTはどこか楽しそうに言った。

『キミ、チンパンジーで動博に挑戦するつもり？　あの時あんなに大見得切ったくせに、チンパンジーだって？』

そうしてGTはケラケラ笑った。

「嫌がらせの電話だなんて、趣味が悪いです。それじゃあ」

『まあ待てよ。ボクが連絡したのは、キミをからかうためじゃない。話があるんだ』

「話？」

『ホテルのすぐ近くに茶店があるだろ。そこで話そうじゃないか』

GTは『待っているよ』と言って、電話を切った。

——自分でも不思議なことに、自然に足が向いていた。

朝以上に混雑しているエントランスを抜け、ホテルからすぐにある喫茶店へ赴くと、窓際の席に座っている白衣姿のGTが手を振った。

僕は店内に入り、彼の対面についた。

「いったい何ですか？」

僕は警戒心を剝き出しに尋ねた。

GTはティーカップを手に取り、優雅に紅茶の香りを嗅ぐ。

「そんなに喧々するなって。とりあえずキミもなんか頼みなよ」

「いりません。早く要件を言ってください」

「落ち着きのないボーヤだな」

「僕はもう、あなたに関わりたくないんだ」

「じゃあ、どうしてここに来たのかな？」

「……何が言いたいんですか」

GTは口角を上げる。

「キミは無意識にすがろうとしているんだよ、蜘蛛の糸に」

「……意味がわからない」

「パンフの職人紹介で読んだよ。キミ、コンペでサルを創ったんだろ？　ボクの助言通りにさ。……キミはボクを頼ってるんだ」

僕が口をつぐむと、GTは一層の笑みを浮かべた。

「単刀直入に言ってあげよう。キミを動博で勝たせてやる」

「……なんですって？」

「『合体技法』を教える。それで新種を創って、コンテストまでにチンパンジーと差し替えるんだ」

さっさと断ればいいものを。

僕は、黙って耳を傾けていた。

「実は、ちょっと研究資金を調達したくてね。ボクの技があれば、三億はキミのもの。その代わり、対価としてボクは一億をもらおう。悪い話じゃないだろう？」

GTは、半分ほど残っている紅茶に角砂糖を五個落とし、スプーンでかき混ぜた。

「最近、新しい『合体技法』を確立させてさ。それを使えば一位は確実だ」

「……そんなの、駄目だ」

「じゃ、チンパンで負けることだね」

砂糖の溶けきらない紅茶を、GTは美味そうに飲む。

賞金の三分の一の、一億。

……二億残れば、おそらく、借金を完済できる。

夢見た一発逆転が叶う。

母を救える。

GTは紅茶を飲み切り、「コンテストまでに連絡をくれよ」と、サインと電話番号の記されたメモをテーブルに置いて席を立った。

僕はどうしても「お断りです」と言うことができなかった。

◇

その夜、とても奇妙な夢を見た。

青空の下、僕は実家の林檎農園を歩いていた。暑くも寒くもなく、秋のいい日にいるみたいだった。周囲にたくさんの林檎の樹があって、赤々とした実が陽の光に輝いている。初恋を溶いたような、甘酸っぱくて爽やかな風が吹いた。

農園を真っ直ぐ進んでいくと、樹の陰からヌウッと巨大な動物が現れた。その威風堂々とした黄褐色の動物は、ガオたんだ。

風にたてがみをなびかせ、ガオたんはのしのしとこちらへやって来る。僕の目の前で止まり、目を細め、小さく口を開いて、

「迷っている暇はない」

低い男声で言った。

どういうわけか、僕はガオたんが口を利いたことを疑問に思わなかった。

だから当然のように、「何が？」と返答した。

「いいから創るのだ」

「何を？」

「カネのために創るのだ」

ガオたんはその場に腰を下ろした。するとだんだん、ガオたんの体が熱したチョコレートのようにどろどろと溶け始めた。

やがて泥の塊みたいになったガオたんは、それからぐにゃぐにゃと自然に成型されていき、今度は小さなコアラの姿になった。

「もっと極めたいよねえ」

おっとりした声で、コアラは言った。

「この世でまだ誰も見たことのないもの、自分が最初に見たいよねえ」

「何のこと？」

「そのためには、何したっていいよねえ」

コアラが急に膨れ上がる。腹部からぷくーっと大玉転がしの玉くらいまで大きくなり、とうとう、パン！　と破裂する……その中から出てきたのは、ジャイアントパンダである。

「みんなに愛してもらえなきゃ、創る意味なんてなんにもないわ」

ほわほわした声で、パンダは言った。

「みんなを喜ばせるために創るのよ」

ジー、とチャックを下ろすような音がして、ずるりとパンダの皮が背中から剝げた。

その皮の中からもたもたと這い出してきたカモノハシが、息をついた。

「迎合、迎合、迎合」

師匠の声で、カモノハシは言った。

「好きなことしてたって生活できないんだ。結局ウケなきゃ駄目なんだ。本当は一番、俺が革新的なんだ。でも、クソみたいな流動食の方が受け入れられるんだ。――俺に捨てさせたのは世間だ。俺を殺したのは大衆だ。シカタナイ、シカタナイ、シカタナイ……」

そうして「シカタナイ」と繰り返しながら、カモノハシは空気が抜けるように萎んでいく。

萎み切った後に残ったのは、一羽のひよこだった。

「いいじゃん、べつに！」

ウカさんの声で、ひよこは言った。

「なんでとか、なんのためにとか。たのしいんだから、どうでもいいじゃん！」

ひよこは、ぱたぱたと小さな羽を動かした。

背後で草を踏む音が聞こえた。

僕は振り返った。

つなぎを着た母が立っていた。

「ナギ、ほら！」

手に持った一玉の林檎を僕に見せ、母は嬉しそうに笑った。

「ね。今年の林檎も、凄く綺麗！」

◇

明けて翌日、ついに動博初日となった。

カーテンを開くと、雲ひとつない春朝の青空が広がっていた。窓の向こうの東京湾にぽかんと浮かぶ会場があって、ぞろぞろと人の群れが蠢いているのが見える。開会式を観覧するために、朝早くから並んでいる来場者たちだ。

代表職人は、開会式は参加自由となっている。中継されるのでホテルの部屋でも見られるが、せっかくなので、僕も会場へ向かうことにした。

エントランスの外にある専用の乗降場では、たくさんの人がバスに乗り込んでいた。列を誘導している係員にパスを示すと、代表職人専用のタクシーに案内してくれた。

穏やかで良い気候だったが、昨日と同じトンネルを通って会場へ降りた瞬間、ムッとした空気が流れてきた。入場ゲート前で長蛇の列を成している客が放つ熱気だ。僕が関係者用の道を歩いていくのに気づいた外国人たちが、「Syokunin! Foooo!!」と興奮の声を上げた。

昨日と同じルートで、広場へ向かう。道々でマイクを片手にリポートをしているのは、世界各国のマスコミたちだ。メインステージ前には取材者席が設けられていて、砲台のようなカメラがずらりと並んでいた。

僕は、代表職人用として確保されていた一角の席に腰を下ろした。

客入れが済み、午前十時となって、開会式が始まった。

軽快な音楽と共に、ステージ奥の大画面スクリーンに『Animals Expo in Tokyo』と表示される。世界のＩＤＣＵの役員と思しき人たちが、動物の顔を模した団扇を振りながら、袖からステージ中央へと集まってきた。続いてうたれまい君を先頭に、オオカミ、ヤマネコ、ねずみ、ひよこの着ぐるみたちが踊りながらやって来る。色とりどりの照明がまたたき、数十本のレーザービームが扇状に空を射抜く。

その時点で観客は興奮の坩堝にあったが、次の瞬間、とりわけ大きな拍手が上がった。

コンテストの審査員を務める、世界的な動物職人たちが登壇したのだ。

ご存じ「ウーパールーパー」の生みの親、コシノコ・ジュンコを筆頭に、流氷の天使と言われる「クリオネ」を創った、イギリスのフローデンス・アルチンゲール。鎧のような皮膚と巨大な角を持つ、オフホワイト色の大型動物「クロサイ」で、黒人初の動博優勝を果たしたヴィージル・アブロー。

毒々しい赤い水玉模様が目を惹くタツノオトシゴ「ピグミーシーホース」の草間卯月。

キュビズムという新手法による比類なき顔面デザイン「マンドリル」のパブロ・ピカン。

前回の動博優勝者、作者本人と顔がそっくりな「コツメカワウソ」のベネディクト・カンバッヂ――。

そんな名だたる職人たちでも、最も大きな歓声を浴びたのは、最後に出てきた大朗氏だ。

テレビや雑誌でしかお目にかかれない有名人たちに、観客たちは指笛を鳴らして足踏みをする。

大朗氏はステージ中央に立ち、観客の熱狂が落ち着くのを待ってから、スタンドマイクに向かって話し出した。

『ようこそ、動物万博へ！』

広場に点々と設置されている街灯型スピーカーから、彼の言葉を英語翻訳した音声が流れる。

僕は武者震いをした。

前回……四年前の動博は、上海で開催された。僕はテレビで開会式の様子を見ていた。

その時から「動物職人になる」と意気込んではいたものの、それはあまりに遠い遠い出来事で、現実感を伴わなかった。ただ、それでもテレビの向こうで歴史的なことが起きているというのはわかったし、大人たちが何かとんでもないことを始めようとしているというのは伝わった。異国の巨大な会場で渦巻く熱が、電波に乗って海を越え、青森の田舎にある小さな平屋の六畳の居間に届いてきた。

その催しが目指すべき場所であると知りながらも、当時十五歳の僕は、まるで他人事のように「なんだかキラキラしていて凄いなあ」と思った。そして、「夢のような世界だなあ」と。

今、十九歳の僕は、あの時とはまったく違う目でステージを見ている。

観客たちの足踏みが、地鳴りになって響いてくる。会場の熱気が上がるのと反比例して、浮ついていた気持ちは不思議と胃の腑に落ち着いた。客席で焚かれたフラッシュがステージを照らす度に「ここにいる」という実感が湧いてきた。

僕は、テレビの前にいない。

僕はもう、なんだかキラキラしていて凄い世界の、当事者だ。

『本日からの三日間、世界中の動物職人たちの技術の粋を、存分にご堪能あれ！』

ぱん！　とステージ両脇から金テープが発射され、拍手が満ちた。しゅんしゅんと風を切る音が降ってくる。見上げると、編隊を組んだ五機のブルーインパルスが五色のスモークを引いて空を横切っていった。

拍手の中、審査員たちが手を振りながら降壇する。『Hope you have a wonderful Animals World Expo!』というアナウンスが流れ、開会式が終わり、人々はどうどうと散っていった。

◇

人の流れが落ち着くのを待ってから、僕もパビリオンを行脚すべく席を立った。パンフレットを片手に、まずは広場から東にある『アメリカ館』へ行くことにした。

『アメリカ館』は、大きな楕円の上に、五つの小さな楕円がくっついている、風船のようなパビリオンだった。パンフレットの説明によると、クロクマの足の形を表現しているらしい。ビニール樹脂を膜にして建物に被せ、中に空気を送り込んでドーム状にしているという。当然ながら大盛況で、入口の前には長蛇の列ができていた。

並ぶこと一時間、ようやく館内へ入ることができた。屋根を透過して柔らかくなった自然光が差し、循環する風は動物の匂いがする。昨日に覗いた『アジア館』同様、館内には順路があって、列がゆっくりと流れている。僕は限りある観覧時間で動物を目に焼き付けるべく、集中して展示スペースを見物した。

一メートルは越えていそうな、巨大な勾玉のような二本の角を持つヒツジ、「ビッグホーン」。

スカンクの鼻を掴んで思いきり手前に引っ張ったような、ひゅんと突出した顔に長い舌が特徴の「オオアリクイ」。

首から上と尾は白く、体は真っ黒。鋭い嘴と凶悪な爪を持つ足に、精悍な顔つきが栄える大型鳥類「ハクトウワシ」……。

歩みを進める度、鮮麗な動物たちが確かな命を持ってそこに存在している。新種、既存種にかかわらず、ただひたすら美しくて尊い。職人の創意工夫で研ぎ澄まされた芸術性を洪水のように浴びて、僕はくらくらした。そして何より、胸がドキドキした。

次に訪れたのは、『南極館』。

このパビリオンは全形が氷晶を表現したガラス張りになっていて、館内にはひんやりした空気が漂っていた。もちろん展示スペースも可能な限り南極を再現した造りになっており、冷たそうな氷の上で、「コウテイペンギン」や「アデリーペンギン」が、よちよちと歩いていた。海水を覆う分厚い氷に穴が空けられたスペースもあって、時おり「ナンキョクオットセイ」や「ヒョウアザラシ」が、ひょっこりと顔を出した。

続いて、ヴェルサイユ宮殿ふうなU字型の建物『ヨーロッパ館』へ。

絢爛豪華な内外装もさることながら、そこにいる動物たちもどことなく気品を漂わせていた。艶やかな焦げ茶色の体毛をした「ヨーロッパミンク」。月桂冠のマークのような角を持つ「ダマジカ」。直立する大きな耳と、ウェーブする被毛をしたスリムなネコ「コーニッシュ・レックス」……。

そうして目まぐるしく回っているうちに、僕はすっかりくたびれてしまった。次は僕のチンパンジーがいる『アフリカ館』へ行こうと思っていたが、中央広場にあるフードコーナーで、少し休憩することにした。

テラス席で烏龍茶を飲み、ぐったりとうなだれる。

くたびれたのは、人の波に酔ったためでもある。しかし一番の理由は、各パビリオンで最高峰の動物たちを見て、心が折れてしまったからだった。

『じゃ、チンパンで負けることだね』

昨晩のＧＴの言葉が思い起こされる。

『キミを、動博で勝たせてやる』

何かに操られるような感覚だった。

気づけば僕は会場を出て、ホテルへ戻るタクシーに乗っていた。

自室に戻り、机の上に放っていたＧＴのメモを手にする。

そこには、彼に繋がる電話番号が記されている。

受話器を掴んだ。

番号を押し、コール音が三回鳴った時、ベッドの脇で倒れているリュックから、一玉の林檎が転がり出ているのに気づいた。

カーテンから差し込む陽を受け、林檎は心臓のように赤く光っていた。

駄目だ。

僕は受話器を置き、GTのメモを丸めてゴミ箱へ投げた。メモはゴミ箱の縁に当たって入らなかった。

それからむやみに部屋をうろうろする。冷蔵庫を開いたり閉じたり、スリッパを脱いだり履いたり、テレビを点けたり消したり、カーテンを開けたり閉めたりする。

窓の外、春空の下。

夢の動博が、憧れをまとってそこにある。

……もう寝てしまおう。そうしよう。

僕はふて寝を決め込むことにして、動博初日を早々に終わらせた。

青宮さんから電話が来たのは、翌朝の七時過ぎだった。

◇

『ちょっとナギくん、どゆこと⁉』

まだ眠っていたかったが、いつまで経っても止まないため仕方なしに取った受話器から、起き抜けの頭を貫く青宮さんの大声が聞こえてきた。

『あれって本当なの⁉』

「い、いきなり何ですか……？」

『今日発売の「動職通信」読んで！』

受話器越しに唾がかかりそうな勢いで、青宮さんは言った。

僕はもたもたと起き出し、ホテル一階へ赴いた。

早朝だけれど、エントランスホールにはたくさんの人がいる。コンビニに入り、雑誌コーナーにあった『動職通信』を手に取った。

腕組みをした岡本大朗氏が表紙の特別号で、動博の特集が組まれている。何も不思議なところはないと思ってぺらぺら読み進めていくと、ちょうどカラーからモノクロに変わるページに、その写真があった。

それは『スカラ座』の前で向かい合う、ふたりの人物の写真。

ひとりは、目線を入れられた若い男。

そしてもうひとりは、素顔を丸出しにしている――僕だ。

『日本代表職人、N.I.に黒い噂？　裏動物横丁への出入り疑惑』

記事の見出しに、そうあった。

僕はすぐに『動職通信』を購入して、コンビニを出た。

キリンの帽子をかぶった男の子が「あれ?」と僕の顔を指差した。僕は足早にエレベーターホールへ向かう。発売と同時に『動職通信』を買った、耳の早い動物ファンたちの視線を感じる。「ひそひそ」と、どこかの国の言葉が聞こえた。

急いで自室に戻り、僕は改めて『動職通信』を広げ、記事を読んだ。


『東京動博に出場する日本人代表職人のひとり、N.I.さんに、よからぬ評判が立った。なんと彼は、IDCUが禁止している「裏」に関与しているというのだ。

写真1は、彼が「裏」に通じる秘密の道を出た後。「裏」の人間(写真右・金髪の人物)に真摯に頭を下げている様子から、深い仲であるのは間違いないだろう。

彼をよく知る同級生M氏は語る。

「元々、Nはキレやすくて喧嘩っ早く、常識が通じないみたいなところがありましたから。実際、私も過去に殴られたことがありました。いきなり飛び掛かってきて、馬乗りになられて……。いや、いつか悪いことをしでかすとは思っていましたが、まさか『裏』に繋がってしまうとは……」

——もしこの噂が真実であるなら、彼の動博代表権は剝奪されることだろう。開催期間中の追放もあり得る。ここは正直に、本人に真相を語ってもらう必要がありそうだ』……

僕は愕然として、『動職通信』を閉じた。

……いつ、撮られたんだ。

誰が、撮ったんだ。

その時、電話が鳴った。僕は驚きで天井に頭をぶつけそうなくらい飛び上がった。

青宮さんか。

震える手で受話器を取る。

「ああ、青宮さん！」

しかし返ってきたのは、『ば――――――か!!』という大声だった。

『俺だよ、御法川だよ～ん！』

僕は面食らって、口をぱくぱくさせた。

『ナギくん、例の記事は読んだかな？　いやあ、たいへんなことになっちゃったねえ！』

御法川は、電話越しにゲラゲラと笑う。

『あんな写真が出ちゃって、どうするのかな？　この恥さらし！』

「……まさか」

『「裏」と通じてまで動博で勝ちたかったんだね。でももう無理だよ！　お前はこれから一生卑怯者だと後ろ指を指されて、お袋と一緒にくたばっていくんだもんね！』

　同級生、M――。

「お前が、写真を……」

『えへへ！　コンテスト直前っていう、お前を苦しめる上で最高のタイミングで垂れ込んでやったのさ！』

　御法川は『当日は俺も会場に行くぞ。まあ、お前は出られないだろうけどね！　ばーか！』と言って、ぶつりと電話を切った。

――――

　力なく受話器を置いた時、ドアがノックされた。

　ドアを開くと、藤巻氏と後藤さんが神妙な顔をして立っていた。

　ふたりを部屋に招き入れる。

「ナギくん。今日の『動通』の記事は読んだかい？」

　椅子に腰かけつつ、藤巻氏は言った。

「朝一で連絡が入った時は驚いた。なあ――『裏』に通じているというのは本当かい？」

「いいえ、決して！」

　僕は必死に弁明した。「悪いことはしていません！」

「じゃあ、あの写真は何なんだ？」

　たちまち何も言えなくなる。

　黙り込む僕を見て、藤巻氏はため息をついた。

「私はきみを信じているよ。……でもね、あんな記事が出てしまったのだから、世論はきみに厳しく傾くだろう。それに、今は世界が注目している動博の期間中。これはきみだけの問題ではなく、日本の動物職人全員の沽券に関わることなんだ」

――幸運と同じく、悪いこともまた重なる。

「これは……？」

ふいに後藤さんが、ゴミ箱の傍に落ちていた紙くずを拾い上げた。がさがさと開いて、悲しそうに顔を伏せる。「何かね」と言う藤巻氏に、後藤さんはメモを渡した。

藤巻氏はメモを見て驚き、僕に厳しい表情を向けた。

「この、GTという文字……。これは『裏』の中でも特に危険人物としてマークされている男の通称だ。それに、電話番号……」

「ち、違うんです、僕は――」

「ナギくん。心苦しいが、疑惑が晴れるまできみをここから出すわけにはいかないようだ」

藤巻氏は席を立った。

「きみの動博参加権を、一時、停止する」

そうして藤巻氏と後藤さんは、部屋を出ていった。

◇

簡単なことだ。

僕は、博打に負けた。

それも、最悪な形でだ。

大朗氏が語ってくれた話から、『裏』に通じた人間の行く末はわかっている。ＩＤＣＵが決定する、動物職人界からの追放。これからどれだけ頑張っても、僕は二度と動博に出場することはできない。

どの時点で張り間違えたのかと考える。

ひよこに勝ち、ガオたんに勝ち、コンペに勝った。

あとは、動博で勝つだけだった。

でも、最後の最後で駄目だった。

諦めを受け入れ、自分を励ましにかかる。そうだ。職人見習いとして歩み出し、一年も経っていないのにここまで来られただなんて立派なものじゃないか。誰にでもできることではない。胸を張って誇るべき。僕はよくやった。ここまでだけれど、悔いはない。

悔いはない？

僕はいったい、何をしてきたんだろう。

ひよこは牝鶏に生んでもらい、ガオたんは勝手に出来上がり、コンペでは審査員長の弱点を突いただけ。

それが、胸を張って誇るべきことだろうか。

よくやったと自賛できることだろうか。

僕は、僕ひとりの力で何かを成し遂げたのかと自問自答した時、何も成し遂げてはいないと答える他にない。これまでの道のりから、あらゆる「偶然」を除いて残っているものと言えば、小狡く立ち回ることに必死だった、無能な自分の覚束ない足跡だけではないか。

博打とは、自分の身を削って挑むものだ。

僕は、何も削っていない。

誰かが削ったものを、自分の手柄にして喜んでいただけだ。

結局ここまで、僕は一度も博打に勝ったことなんてなかったのだ。

……辛いのは、母のこと。

母のために、僕はこれから何を賭けられるだろうか。

きっと母は、ふるさとに戻った僕を慰めてくれるだろう。あの優しい母のことだ。

いつでも僕を想って、自分の苦労をおくびにも出さず、何がどうあっても僕を応援し、僕の味方でいてくれる。

「ナギは凄いよ！　あそこまで行けたんだから！」

おそらくかけられるであろうその言葉が、しかし、僕にとっては何よりも辛い。

――以前から、気づいていたことがある。

天稟に恵まれたウカさんについて考える時。職人たちが素晴らしい動物を生み出すのを目の当たりにした時。その度に、ずっと見ないふりをしていた。

でもそれが今になって、とうとう無視できないほどに、心の中に顔を出してしまった。

騙し騙しやってきたけれど、限界だ。

それは、他人から蔑まれるよりも、動博の参加権を奪われるよりも、御法川に馬鹿にされるよりも――動博で優勝できないよりも、僕にとって苦しいこと。

僕はおそらく、動物職人を志したあの日から張り間違えていたのだろう。

石井十字と出逢ったその時に、未来をドボンに賭けていたのだろう。

これからどれだけの年月をかけても、あのカモノハシやパンダのような動物を創れる自分の姿が……師匠や大朗氏と並び立つ自分の姿が、思い描けないのだ。

ある瞬間に察したのでも、誰かの言葉でハッとしたのでもない。光を弾いて元気よく咲いていた花が時間と共に瑞々しさを無くし、ゆっくりと萎んでいくように、徐々に、自然に、漠然と理解していった。

それは、母に伝えたくてたまらないのに、母には絶対に言えないこと。

わかっていた。


僕には、才能がない。

動博二日目は、ホテルに缶詰めになって過ごした。
飲み物を買いにコンビニへ出かけたが、マスコミと思しきカメラを持った人たちが近づいてきたので諦めて退散した。朝から数えて五度ほど電話が鳴ったけれど、出なかった。青宮さんが気を遣ってくれているのか、また御法川がむかつく小言を垂れようとしたのか……。
師匠へどうお別れを言おうかと考えながら明日の帰り支度を整えて、早々に眠りに就いた。

◇

そうして動博は、最終日を迎える。

今日の午後三時、夢に見た三億の舞台がある。

しかし、僕にはとっくに関係のないことだった。

後藤さんから聞いたところによると、動博が終了した後に、僕の処分の申し渡しがあるらしい。僕はそれまで待機していなければならない。

すぐそこで世界規模のお祭りをしているとは思えないほど、部屋はしんとしている。

静けさが悲しくて、ベッドに寝っ転がったままテレビを点けた。

……もしかしたらそこで「テレビを点ける」という行動を取らせてくれたのは、天が僕に与えてくれた、一年弱という時間を賭けた分の、小さな払い戻しなのかもしれない。

お昼の情報番組で、動博のことを話題にしていた。ラクダみたいな顔をしたキャスターが難しそうな表情を浮かべ、指し棒でフリップを叩いている。やれ賞金は三億だ、やれ期待されている職人は誰だという内容を話した後、僕について触れ始めた。

『動博の賞金は非常に大きい。だからこそ、陰謀が渦巻くものなのでしょうか？』

キャスターはため息をつき、『動通』に載っていた僕の写真を机上のフリップ立てに差した。

『まだ疑惑の段階ですが、昨日、日本代表のある職人が「裏」に通じているかもしれないという記事が出ましてね。これは驚きましたよ』

コメンテーターたちが「呆れた」というように首を振った。

それから彼らは口々に、婉曲的に僕を批判するようなことを言う。

その時、ふとキャスターが『えっ、何？　繋がってる？　繋がってるの？』と、スタッフに向かって呼びかけた。

そして、

『えー、ここでですね、疑惑の職人のお母様という方と中継が繋がっておりますので、実際にお話を聞いてみましょうか』

思わず身を乗り出した。

画面が切り替わり、見知ったところではない林檎農園を映し出す。

農具小屋に、つなぎ姿の母がいた。

突然のことに、母は困惑していた。テレビの中継が来ると知らなかったらしい。

頭に血が昇った。

「母さんは関係ないだろ！」

意味もないのに、僕は猛然とテレビに摑みかかった。どうしてそんなに残酷なことをするのかと、彼らが憎く、また自分があまりに情けなくて、涙が出た。

『突然の訪問ですみません。動物職人、N．I．さんのお母様で間違いないでしょうか？』

レポーターの女性が、母にマイクを向ける。

『息子さんの報道、ご存じですか？』

折れた心で、僕はテレビを見つめた。

母は肥料を配合していた手を止め、無言で頷いた。

『息子さんの噂について、ご本人から何か聞いていますか？』

母は固まった。

もうやめてくれ、と、僕は声にならない声で呟いた。

リモコンを探す手が震える。

早く消そうと思って、スイッチをオフにしようとした時だった。

『これカメラ？』

母が、こちらを——僕を指差した。

『今、映ってる？』

そして母は軍手を外し、真っ直ぐにカメラを見つめて、

『ナギ！』

僕は、閉じていた目を開けた。

母は不敵に笑い、親指を立てて言った。

『懼るるなかれ！』


それで終わりだった。

母はふいっとカメラから顔を背け、また作業に戻った。『あの、お母様？』とレポーターが声をかける。しかし母は完璧な無視をかまし、それ以降はどんなに話しかけられても一言も喋らず、ご機嫌に『三百六十五歩のマーチ』を唄いながら小屋を出て林檎の木々に施肥を始め、レポーターたちをまるでいないものとして扱った。

映像がスタジオに返ってくる。

戸惑うキャスターが『一旦お知らせです』と言って、ＣＭに入った。

魔法をかけられたように、怒りと情けなさの涙は引っ込んでいた。

理由はわからないが、その時に脳裏を過ったのは、満月の晩、屋根の上でのウカさんとの会話だ。

よかった。ナギくんも動物が好きで。

動物が好きだから、動物職人を選んだんでしょ？

違う。

僕は、動物が好きだから動物を創るわけではない。おカネのために創るのだ。

カネとは何か。

僕にとってのカネとは、母を救う道具だ。その道具を求めて動物職人を志した。いや、それはカネじゃなくとも、母を救ってくれるならどんなものでもいい。物はもちろん、人でも、それこそ動物でもよかった。

母を助けてくれる「何か」を。

恩返しの想いを形にできる「何か」を求めて生きてきた。

でも……「何か」を掴むための人生の道筋から、いつしか自分の本心がゆっくりと逸れ始めているのを、実はどこかで感じていた。そしてそれは、諦めの理由に才能を持ち出した時点で、疑いようのない事実だった。

カネのためではない。

カネの先にある母の笑顔のためとも、自信を持っては言えない。

見習い生活の中で数多(あまた)の職人の仕事に触れ、感銘を受け、自分の未熟さに叩きのめされ、苦悩し、疲弊し、落涙し、しかしそれでもやめられない。才能という都合のいい言葉を持ち出さなければ、逃げ出す理由を正当化できない。それくらいに、あるひとつの想いが今の自分の比率を占めてしまっている。カネも母も地位も名誉も二の次で、その想いを叶えるためだけに生きていきたいと思ってしまっている。

一直線に簡単な想いだ。

動物職人として、高みに達したい。

技を極め、経験を極め、誰の追随も赦さない、唯一無二の職人になりたい。師匠をも超える、天下に名の轟く存在になりたい。

僕は僕を、凄い人間なんだと思いたい。僕は僕に、凄い人間なんだと思わせたい。

そして、気後れも心咎めもない、明るい陽の差す山頂で、

「僕の作品を、見て。

僕の動物を、見て！」

と。

それから、

「ざまあみろ！」

と。

喉が裂けて血が飛び散るほど、靄がかる街へ叫びたい。

ここからは、博打ではなく意地だ。

この一年弱をかけて僕が得たものを、とびきりのショーで見せてやる。

決心した。

いい加減ここまでだ。ハリボテの言い訳にくるまっている脳みそを叩き起こさねば。難しく考える必要なんてない。裸の心で、素直な気持ちで、そうしたいと思ったことをすればいい。

失うものなど、初めからないのだから。

「懼るるなかれ」

呟いた。

午後二時を回っていた。

あと五十分もすれば、全世界同時中継のコンテストが始まる。

僕は、母の林檎をショルダーバッグに詰めて、部屋を飛び出した。

◇

動博参加権を停止されているので、パスを見せてもタクシーを手配してはもらえないだろう。かといって、観覧客に紛れて一般のバスに並んでいる暇もない。だから会場へ向かう方法はひとつしかない。

　僕は走った。

　高揚感からか、すぐに汗が噴き出してくる。ホテルから南へ、道路沿いを一心に行くと、海底トンネルの入口が見えてきた。トンネル内の歩道を懸命に駆ける。右方をバスが通過して、排気ガスが巻き上がる。橙色の照明が、ひたすら真っ直ぐ続いている。走れど走れど、出口が見えない。それでも体は羽が生えたように軽い。

　僕は一度も立ち止まらなかった。

　無限とも思えるそのトンネルをようやく抜けると、春風が体にぶつかった。とうとう会場が見えた。駐車場は車でぱんぱんだ。入場ゲート前も、前々日とは比べ物にならないくらいごった返している。チケットはとっくに完売しているだろう。彼らは会場に入れずとも、「東京で動博のコンテストがあったその時、会場にいた」という記念を欲して押し寄せているのだ。

　僕は駐車場を過ぎ、グッズ販売をしているイベントテントへ行った。お土産用に売られていたオオカミの子どもを購入し、テントの裏に連れていく。人目につかないよう、こっそりとツボを入れてお座りさせ、オオカミの前で、リズムに乗って腹太鼓を打ってみせた。

　いきなり踊り出した僕に首を傾げていたオオカミは、次第にうきうきして体を揺らし始めた。耳を後ろに倒して、楽しそうに舌を出す。後ろ足で立ち上がり、僕と一緒に、前足で腹太鼓を打ち出した。――その頃にはもう、それはオオカミではない。灰褐色にずんぐりした体、哺乳綱食肉目イヌ科のタヌキである。

「よし、行っといで！」

僕は、テントの陰から関係者入口を指差した。

タヌキがぴゅうっと駆けていき、係員の前で立ち止まる。驚く係員の前で、タヌキは後ろ足で立ち、ぽんぽこぽんぽこと腹太鼓を打った。

「あっ、見て！　タヌキさん！」

近くを親子連れが通りがかり、小さな女の子がタヌキに気づいた。「わあ、かわいい！踊ってる！」

するとそれを皮切りに、タヌキの周囲にたちまち人の輪ができた。関係者入口が塞がれ、係員が慌てて解散を促す。僕はそのごちゃごちゃに紛れ、係員の目を盗んで会場内へと入り込んだ。

コンテストの司会と思しき男性のマイクを通した声が、広場の方から聞こえてくる。僕は『アフリカ館』へと急いだ。

ステージに観客が集中しているためだろう、やがて着いた『アフリカ館』は空いていた。館内へ歩みを進めて、パビリオン内のマップを確認し、目的地へ向かう。そのうち、熱帯の植物が生い茂っている通路に出た。ジャングルを再現しているエリアだ。

僕はそのエリアの中で、あるスペースの柵の前に立った。

檻の中、木製の小さなジャングルジムで遊んでいたチンパンジーが、僕を見つけて嬉しそうにこちらへ寄ってきた。

チンパンジーは格子の間から、僕に「ちゅっちゅっ」と唇を突き出した。「どこにいたの？」「ここどこ？」「会いに来てくれたの？」という彼の声が、今になって確かに聞こえる。

僕は手を伸ばし、チンパンジーの顎を撫でた。

すると、チンパンジーは歯を剝いた。それは笑っているように見えた。

左右を窺って、人がいないのを確認してから柵を乗り越える。檻を包むように茂っている熊手みたいな葉をかき分けて後方へ回ると、施錠された扉があった。

ショルダーバッグをお腹側に回し、鍵を出して扉を開ける。

檻の中に入ると、チンパンジーが僕の胸に飛び込んできた。

膝をついて、チンパンジーの顔を見つめる。

不純物のないビー玉のようなチンパンジーのふたつの瞳に、湾曲した僕の顔が映った。

「これまで、ごめんね」

僕は、チンパンジーに語り掛けた。

「僕はきみを、無理にいじくってしまっていたね。きみはきみのままで、十分素晴らしい動物なのに」

チンパンジーは、ぱちくりと瞬きをする。

「僕と一緒に、ステージに行こう。僕の大事なきみを、世界中の人に……僕の母に見てもらいたいんだ」

僕は、チンパンジーの前足を取った。

チンパンジーは、「ふんふん」と鼻をひくひくさせた。僕の胸に顔を埋めてジッとし、それから、やたらとふんがふんがする。

「なに？」

チンパンジーは、僕のショルダーバッグを熱心に嗅いでいた。

「ああ、そっか。この匂いがしたんだな」

僕は、バッグから林檎を取り出した。

チンパンジーは、ごくりと喉を鳴らした。

「僕の実家の農園で採れた林檎だよ。母が送ってくれたんだ。お守り代わりに持ってきた」

チンパンジーは、キラキラした視線を林檎に注ぐ。トランペットを見つめる少年みたいなその顔がおかしくて、僕は笑いながら林檎を差し出した。

「ほら。あげるよ」

チンパンジーは林檎を受け取ると、座ってしゃりしゃりと齧り始めた。

毛深い手にこぼれた果汁を、美味しそうに舐める。一齧りしては目を細め、一齧りしては手を舐めて……チンパンジーは、その一玉の林檎を大切に味わっていた。

そうして、半分ほど食べた時――。

――チンパンジーの体毛が、ごっそりと抜け落ちてきた。

「……え？」

その変化は、明らかに普通ではなかった。

頭以外の体毛が抜け落ち、周囲に山を成していく。つるつるとした薄橙色の肌が露わになり、顔面に刻まれていた濃い皺が消えていく。前方に突出して大きかった上下の顎が内側に引っ込んでいき、代わりに脳頭蓋がどんどん膨れていく。目の窪みの上、眼窩上隆起も目立たなくなり、林檎を齧る鋭い犬歯も丸くなっている。手足が縮んだ代わりに両足部がグンと伸び、ずんぐりしていた体つきがシャープになった。

あまりの驚きに声も出せず、僕はその変様を見ていた。

やがて林檎を食べ終えた、チンパンジー「だったもの」は、二足ですっくと立ち上がり、僕と同じ目線の高さで、「にこり」とした。

それは僕に向けた、明らかな「微笑み」だった。

その新種を連れて『アフリカ館』を出た時、広場から大歓声が聞こえてきた。既に三時を回り、コンテストが始まっているのだろう。

「急ごう！」

僕は新種の手を引いて広場へ走り、ステージを見ている観客たちに紛れ込んだ。周囲の人は僕たちを見てギョッとしたようだが、その興味は司会の男性の声によって、すぐにコンテストへと戻ってくれた。

『続きましてはイタリア代表、マリア・フレンカさんの登場です！』

背伸びをして、僕もステージに注目する。

ステージの右側に審査員席が設けられており、初日に見た審査員たちが座っている。名前を呼ばれた作務衣姿の女性職人が登壇し、客席に向かって手を振った。ステージは遠いが、脇にある大画面モニターのおかげで彼女の様子が良くわかる。品の良い淑女だ。

『それでは、お願いします！』

司会の男性が合図をすると、彼女はまず、携えていたねずみのツボを入れた。続いて、ねずみの耳元でぽつぽつと中国語を呟きながら体をこねる。そうして彼女は、見事な手際でねずみをタイワンザルにした。

続けて彼女は、懐から一枚の長方形の紙を出した。カメラがズームになって、それが小切手であるとわかる。彼女は小切手にさらさらとペンを走らせ、0がいくつも並ぶ、とんでもない金額を記した。そして、タイワンザルに小切手を差し出した。

小切手を受け取ったタイワンザルは、紙面に目を落とし、あんぐりした。あまりの金額に仰天したのだろう、体が小刻みに震え始める。その震えと連動して、顔がどんどんのっぺりと、無表情化していった。

変化が終わって出来上がったのは、恐ろしく動きののろい哺乳類、「ナマケモノ」である。

彼女は笑顔で客席に向き、喋り始めた。日本語に同時通訳された言葉が、スピーカーを通して聞こえてくる。

『ただいま披露したのは、「ナマケモノ」創作の新手法です。タイワンザルに巨額の金銭を贈り、未来への不安を払拭させると共に、今後の労働の必要性を排除する。これでナマケモノを創ることができるのです。従来では三年の間、何から何までタイワンザルのお世話を焼き続けなければ生み出すことのできなかったナマケモノを、たった一瞬で創れます。私の誇れる大発見です！』

客席から、拍手と歓声が上がった。彼女は胸に手を当てて、客席と審査員席に一礼する。「やってくれるぜ」というような顔をして、審査員たちも拍手を送った。

その後も各国の代表職人が登壇し、手法を説明すると共に、動物を発表していった。

ヒヨドリをマフィアが抱き続けることで変化した、イカつい目つきの「ハシビロコウ」。

生まれたカバを一度も社会に出さずに家庭の中だけで甘やかして育てると、身も心も育ち切っていない、小さくて気性の荒い「コビトカバ」。

モグラに花火玉を食べさせた瞬間、導火線に火を点けて創る、鼻を中心に花火が咲いているような造形の「ホシバナモグラ」。

青宮さんが創り方を公表したからこそだろう、ある職人は嵐の夜にメインクーンへ雷撃を加えることで創り上げげた、全身に黒い稲光のような模様を持つ「トラ」を連れてきた。

日本代表のひとりは、ヒグマに『あしたのジョー』のテレビアニメの最終回を見せた。するとヒグマは真っ白に燃え尽きて、「ホッキョクグマ」になった。

膨らませたアシカの額に槍をくっつけて創る、雄々しい角を生やした「イッカク」。

槍ではなく、アシカに双剣をくわえさせて、立派な牙の生えた「セイウチ」を創る職人もいた。

出番を終えた職人が、動物を連れてステージの裏へと下がっていく。斬新な手法によって生み出された動物に、観客たちの熱狂がうねりとなって空へ昇る。どれを選んだものかと、審査員たちは苦笑して首を横に振っていた。

『続きましては、再び日本代表の職人です。どうぞ！』

司会の男性に呼ばれ、次にステージに上がったのは、火之である。

火之は堂々とした態度で、袖から出てきたニホンウシと対峙した。携えていたボストンバッグから赤いグローブを取って嵌め、ウシの前でシャドーボクシングを始めた。

火之の敵意とグローブの赤色に興奮したのか、ウシは前足で地面を掻いた。フウフウと荒い鼻息を噴いて威嚇する。

火之は怯まず、ウシの鼻柱にジャブを打った。

「Oh!」と観客たちが悲鳴を上げる。職人にとって、動物を虐待することは何よりの御法度だ。慌てた係員たちが、火之を止めようかと顔を見合わせる。

「騒ぐな！　ツボが入ってるから大丈夫だっつうんだよ！」

火之は大声で係員たちを制しつつ、「大人しく見てな！」と言って、もう一発、ウシの顔にジャブを入れた。

いよいよ怒ったウシは、火之目掛けて突進しようとし、両前足を折ってドッと前傾に倒れた。踏み出そうとした足が出なかったようだった。ウシ自身も、何が起こったのかわからない、というふうに怯えた目をする。

職人目には、火之がジャブによってウシの「動けなくなるツボ」を突いていたとわかる。

火之はすっかり戦意を無くしたウシに、それでもジャブを放ち続け、しまいにはぐりぐりと口の中にグローブを突っ込みだした。嫌がるウシがオエモウと鳴く。ダメージはないようだが、その光景は倫理的にアウトだ。

『ちょっと、火之さん！』

もう我慢ならないと、司会の男性が火之を止めかけた時、変化が起こった。

殴られ続けていたウシの体が黒ずんでいき、上半身がゴワゴワした茶色い毛に覆われていく。ぼこぼこと筋肉が隆起し、両側頭部に巨大な釣り針のような角が生えた。

さっきまでの一・五倍はありそうな体軀となった動物を前に、火之はようやくグローブを外した。

「アメリカバイソンの完成だ。ノーと言えない日本生まれのウシを地味にいじめ続けることで怒りを開花させ、アメ公のようにタフでゴツい動物に変容してやったんだ」

客席から、先ほどとは色の違う悲鳴が上がる。やはりやり方が受け入れられなかったのだろう、拍手は小さく、ぱらぱらとまばらだった。

火之はギッと客席を睨みつける。「なんだその反応は！」

『はい、ありがとうございました。お下がりください』

司会の男性は苦笑いでマイクを持ち直し、咳ばらいをした。

『さて。プログラム上では、次も日本代表の職人による発表となっておりますが、諸事情がありまして、彼は出場中止となります。ご了承ください』

——僕のことだ。

『気を取り直して、続いての職人にご登場頂きましょう』

僕は観客の隙間を縫い、僕の動物を連れてステージの裏へ回った。

ステージの裏は溜まりになっていて、機材や基礎動物が置かれていた。登壇を終えた職人たちが、歓談しながらモニターでステージの様子を見ている。その傍らで、職人たちの創った動物たちがうろうろしたり、寝転がったりしていた。

僕は近くにいた事情を知らなそうなスタッフに、チンパンジーの創作証明となる鍵をサッと見せてタラップを通過した。そのまま僕の動物の手を引いて、暗幕のかかった通路を抜け、ステージへ歩み出した。

広いステージから見る客席は、金色に輝く海のようだった。その海の波がそれぞれの意思を持ってばらばらに動いている。海面でひっきりなしにまたたいているのはフラッシュだ。ステージの両サイドに備え付けられている、縦に並んだ大きなライトの光がとても熱い。

突如現れた僕の姿に、次の職人として登場していた外国人女性はぽかんとし、歓声を上げていた観客たちはきょとんとし、未だ残って司会の男性に文句を垂れていた火之は驚愕し、信じられないものを見るような顔をした。

審査員席にいる大朗氏と目が合った。

大朗氏は「やれやれ」というように大げさに肩をすくめ、微笑んだ。

僕は、つかつかと司会の男性の元へ行き、「マイク」と言った。

「あ、はい……？」

呆気に取られる司会の男性から半ば無理やりマイクを受け取り、ステージ中央に立つ。

何万人かの、何万個かの眼球が、僕を捉えている。

たくさんの大砲みたいなカメラが、僕に向いている。

この巨大な会場で渦巻く熱が、電波に乗って海を越え、世界中の人たちに届いている。

小さい平屋の、六畳の居間のテレビの前で、僕を見ている誰かがいる。

目を閉じて、開けた。

大きく息を吸って、吐いて、僕は言った。

『日本代表の動物職人、伊邪那岐（いざなぎ）です。僕の創った動物を紹介します！』

僕は、僕の動物を隣に立たせた。

『チンパンジーを元に創りました、新種です！』

僕は手のひらで新種を示し、堂々と胸を張った。

僕の大声の残響が、徐々に消えていく。

観客は、しいんと静まり返っていた。

観客どころか、ステージ上のみんなもぽかんとしていた。

「あ、あのう……」

司会の男性が近づき、小声で話しかけてくる。

「ええと……。その、ほぼ全裸みたいな男性の、どこが新種なんですか？」

『アフリカ館』に茂っていた植物で作った腰蓑を巻いただけの、若い男性にしか見えない存在。

これを動物と言われて、ましてや新種だと言われて、わからないのも無理はない。

ただ、ひとつ。

僕たちとその動物には、決定的に違っている部分がある。

『よく見てください』

僕は言った。

司会の男性は、じいっとして動かない新種を、右から左から、まじまじと観察した。

先に気づいたのだろう、火之が「なんだと！」と叫んだ。

それに続くようにして、司会男性も「ああっ！」と声を上げる。

そして、驚愕の表情を浮かべて言った。

「あ、あ、頭の輪っかがない！」

生まれた時から僕たちの頭上で浮遊している、発光する金色の輪。これはれっきとした体の一部で、決して着脱できるものではない。無理に取ろうとすると皮膚を引っ張られる感覚で凄まじく痛いし、そもそも取れたら死ぬ。

僕の動物には、その輪がない。

にもかかわらず、こうして平然と命を持って立っている。

「それは、動物なのか……？」

大朗氏が席を立った。

「きみは……何を創ったんだ……？　それは……人そのものじゃないか！」

観客に、どよどよとざわめきが広がる。

「イカサマだ！」

火之が大声を上げた。

「てめえ、どうやってそんな妙なイキモノを生み出しやがった。『合体』か⁉」

「そんなことはしてない。チンパンジーに林檎を食べさせただけだ」

「チンパンジーに、林檎だと……？」

火之は僕を睨んだ。

「フザけるな！　そんなの、いつもサルが食べてるエサだろが！」

そうしてバネのような勢いでこちらへ飛んできて、僕の胸倉をぎりりと掴み上げる。

「言えよ。インチキしたんだろ……！」

「いいや、違うね」

そう答えたのは、僕ではない。

いつの間にかステージへと現れていた、首からスタッフパスを提げた白衣の男――

ＧＴである。

「こんな人みたいな動物は、『合体』では創れない。何と何を組み合わせればいいのか、長年『合体』の研究を続けてきた僕でも、結合の道筋がまるで立たない」

ＧＴは、僕の新種の体をぺたぺたと触る。

「肌の質感も、まさに人じゃないか。……なんて、なんて革新的なんだ……！」

ＧＴは恍惚として身をくねらせた。

「ああ、どうせクソみたいな動物しか出ないだろうと思っていたけど、来てよかったよ……！」

「その男を捕まえろ！」

大朗氏が叫んだ。

「そいつはスタッフじゃない！　偽物だ！」

ダッ、と袖から屈強な黒服の男たちが駆け出し、GTに飛び掛かる。

GTはそれをするりと躱し、ステージ右奥でじっとしていた火之のバイソンの尻尾を思い切り引っ張った。たまらずバイソンは絶叫し、審査員席に向かって頭から突進していく。審査員たちは慌てて席を立ち、バイソンが衝突する寸前、間一髪でステージ脇へと避難した。

「あぶ、危ない、危ない！　逃げろ逃げろ！」

司会の男性が言い、ステージを四方八方に走り回るバイソンを避けて転んだ。「ひぃーっ！」

勢い余ってステージ後方のライトにぶち当たってしまったバイソンは、いよいよ我を忘れて舞台を飛び降り、客席へと突っ込んだ。

空を割るような悲鳴が上がった。

カメラが容易くなぎ倒され、観衆の海がうねり、かき混ぜられた鍋のようになる。

暴走するバイソンの進路は不規則で、人々は出口を求めて逃げ惑った。

「ねえ、ナギくん」

大混乱に呆然とする僕の隣に立ち、ＧＴは僕に耳打ちする。

「キミの動物、ボクにおくれよ。中身が見たいから開けたいんだ」

僕はハッとして新種の手を取った。

「頼むよ。もうお金はどうでもいいからさ。その動物をおくれよ」

「駄目に決まってる！　これは僕の動物だ！」

「ボクは知りたいんだ。その動物が、どうやって成り立っているのかを……！」

その時、ステージの右方から客席へと、たくさんの動物がなだれ込んできた。裏手にいた動物たちだ。動物には混乱が伝染しやすいという青宮さんの言葉を思い出す。この騒ぎのただならぬ雰囲気を感じ、気持ちが乱れてしまったのだろう。

オオカミの子ども、ヤマネコの子ども、はつかねずみ、ひよこが入り乱れてあんあんにゃあにゃあちゅうちゅうピヨピヨと鳴く。バイソンが走り回って座席を荒し、トラが吠えて人々を震え上がらせ、ホッキョクグマが二足で立つ。ハシビロコウが鋭い眼光を周囲に注ぎ、コビトカバが子どもに体当たりし、ナマケモノはごろんと寝転がった。

人々の悲鳴に動物の鳴き声や物の壊れる騒音が入り混じり、あたりは阿鼻叫喚となった。混乱の伝染も拡大する一方で、方々のパビリオンから出展動物たちのけたたましい声が轟き始めた。

僕は新種の手を引いて脇にはけ、タラップを通ってステージを下りた。

そのままステージ正面へ回り、どさくさに紛れて逃げようとしたが、GTに気づかれた。

GTはステージを飛び降り、ドカドカと客席をかき分けて僕たちを追ってくる。何とか巻こうと蛇行するが、GTは「待ってよお〜」と笑いながら、まるで追尾ミサイルのようにぴったりとついてくる。

そうして後方を気にしながら走っていた僕は、眼前にバイソンが迫っていることに気がつかなかった。

「うわっ！」

僕は新種に手を引っ張られて体を捻った。すんでのところで、バイソンが真横を通過していく。その先には、GTがいる。

GTは、自分へ突進してくるバイソンをぎりぎりまで引きつける。そうして闘牛士のように身をかわしたその瞬間、バイソンの体を数度つつき、完璧にツボを入れあげた。

たちまち脱力したバイソンはバランスをくずし、地面に滑り込むようにして肩から倒れ込む。

「ねえ。どうしてもくれないの？」

動かなくなったバイソンを見下ろし、ＧＴは冷たい声で言う。

「くれないなら、奪っちゃうぞ」

その時、トランペットの音のような声を上げながら、アフリカゾウがＧＴの近くを通った。

ＧＴはアフリカゾウに歩み寄り、その右足からツボを入れて膝をつかせ、静かにさせる。続けてあたりを見回し、今度は地面に散らばるポップコーンを嗅いでいるセイウチへと向かい、サッとツボを入れた。

「一昨日、喫茶店で言っていたものを見せてあげる」

ＧＴは言った。

「ボクが確立した、新しい手法……これまでＡとＢでしか成功しなかったものに、Ｃを足す。すなわち『三頭合体』だ」

バイソン、アフリカゾウ、セイウチ――ＧＴは、ツボを入れた三頭の動物を一か所に集合させ、それぞれの顔が内角にくるよう、トライアングル状に配置した。

三頭はお互いを見遣り、不安そうに鳴いている。と、ＧＴはいきなり「パン！」と手を叩いて大きな音を出した。それを合図に、三頭の動物は弾かれたように地面を蹴り、トライアングルの中心点で激突した。

カアッ、と光が爆発し、三頭いたはずの動物が、瞬間的に一頭にまとまっていた。

バイソンの濃い茶色の体毛に、アフリカゾウの巨大な体軀とセイウチの牙を持つ「それ」は、その狂暴性から、恐竜時代の職人たちが創作を禁じた動物――マンモスだ。

ゆうに五メートルはあるマンモスの大地を震わす鳴き声が、動物万博に木霊（こだま）する。

「氷漬けの封印状態でしか見たことないだろう？」

GTは不気味に笑った。

「でもね。生きているよ、コイツは！」

GTが手を振り下ろす。するとマンモスが鼻を伸ばし、僕の新種をくるむように摑み上げた。

新種が苦しそうに顔を歪める。

「やめろ、離せ！」

「だから奪うって言ってるだろ！」

マンモスは新種を摑んだままGTの指示に従って方向転換し、行く手を塞ぐ障害物や人や動物をポンポンと鼻でぶっ飛ばしながら会場の出口へと進んでいく。僕は並走しながら「やめろやめろやめろ」と叫ぶしかない。上下左右に振られて、新種は気絶しているようだった。

このままマンモスを見送るしかないのかと思ったその時、まるで太鼓を連続で打ち鳴らしているような音が聞こえた。

その音が動物の足音だとわかったのは、地響きと共に、僕の後方からドドドドドと突撃兵みたいに無数のサイたちが駆け抜けていったからだ。

マンモスに向かったサイたちは、そのまま勢いよくマンモスの後ろ足に角を突き立てた。マンモスはわずかに怯んだが、しかし止まらない。後ろ足で、どかんどかんとサイたちを蹴り飛ばす。

それでもサイたちは、どこからともなく後から後から湧いてくる。塵も積もれば山となる、サイの猛攻に堪えきれなくなったマンモスは、付近にあった『アジア館』に頭から突っ込んだ。

派手な音が上がり、パビリオンの屋根が砕け、竹材があたりにばらばらと注ぐ。マンモスは気を失ったようで、ぐったりと横たわった。ちょうど日本の区画に倒れ込んだらしく、瓦礫の隙間から、扇子や和傘、当世具足や提灯（ちょうちん）や達磨（だるま）といった装飾品が見えた。檻まで壊れたのか、チュウゴクオオカミやニホンアナグマやギンギツネやアカシカやモウコノウマやノウサギといった、アジアの動物たちがキイキイわーわーと走り出てきた。

「あっ！」

動物たちを避けながら近づくと、マンモスの鼻の近くで倒れている新種が見えた。こちらもやはり気絶している。救出すべく一歩を踏み出したところで、ＧＴが立ち塞がった。

「どけ！」

僕は声を荒らげた。

「……」

しかしＧＴは、僕を見ていなかった。僕の後方……サイの涌いている方を真っ直ぐに睨んでいる。「ちっ」と舌打ちをして、顔をしかめた。

「あいつがいるとは聞いてないぞ」

僕は振り返り、ホットドッグを売っていたテントの残骸近くにいる人物を見た。その辺を駆け回っているオオカミの子どもをひっ捕まえた傍からサイに創り上げている、タオルを頭に巻いた師匠と目が合った。

◇

「石井十字……」

ＧＴは呟き、ちょうど目の前を歩いていたひよこを摑んでカラスを創った。

「ボクの邪魔をするんじゃないよ」

ＧＴは、師匠に向けてカラスを放った。嘴を突き出して、カラスは矢のように師匠へ飛んでいく。師匠はその場で横っ飛びし、カラスを躱した。

その間にも、ＧＴは次弾のカラスをこねている。サイによる襲撃への復讐と言わんばかりに連続して繰り出されるカラスを前に、師匠は身を翻してテントの残骸へと隠れた。

正気が戻ったのか、のびていたマンモスがむくりと身を起こした。ぶるぶると体を振り、再び新種を摑んで、ゆっくりと出口に向かって歩いていく。

僕は師匠の元へ駆け、テントの陰に滑り込んだ。

師匠はうんこ座りをし、不機嫌そうに膨れていた。

「師匠！」

と声をかけるのと同時に、師匠は「お前なあ！」と言って、隕石のようなゲンコツを僕の頭に落とした。

「動博に出ること黙ってやがって！」

「あの、どうしてここに！」

生まれてきてごめんなさいと思いながら、僕は師匠に身を寄せる。

「お前と一緒だっつうの」

師匠はため息を吐いた。

「いつまで経ってもIDCUがウカの参加を認めないから、本番でゲリラ的に乗り込んでやろうと思ってたんだよ。で、さあ行くぞ！　って時に、先にお前がステージに上がるんだもんよ」

「ずっとそこで大人しくしていろよ、石井十字！」

向こうから、GTの大声が聞こえてくる。

「師匠、僕はあのマンモスに自分の動物を取られてるんです。取り返したいんです！」

「お前のことなんてどうでもいいが、この展開は俺たちにとって好都合だから利用させてもらう」

「こ、好都合？　何する気ですか？」

「うお、危ね！」

師匠が身を引くのと同時に、鉤爪を剝いてその場にカラスが急降下してきた。師匠はその一瞬でむんずとカラスの首根っこを摑んでツボを入れ、頭と足を持ってバルーンアートの風船を慣らすみたいにぶるんぶるんと振りつつ、テントの陰からマンモスを窺った。

「いいか、これから不意をついてお前の新種をマンモスから引っぺがす。そしたらお前は新種の手を引いて、一目散に海洋動物コーナーのタンカーへ走れ」

「ど、どうして？」

「作戦開始！」

師匠は答えないまま陰から飛び出し、手近なオオカミの頭に折れたテントの骨をくっつけまくってグラントガゼルを量産した。ガゼルたちはぴょんぴょんと優雅に跳ね、マンモスの足にまとわりつく。

「ほら行け！」と、師匠が手で僕を払うようにする。

ガゼルを踏むのを嫌がり、マンモスが立ち止まった。

そのわずかな隙に、師匠の手でカラスから大鷲へと変貌した鳥がマンモスの頭に着地し、太い嘴で脳天をドスドスとつついた。

「！」

マンモスは絶叫し、新種を離して鼻を振り、足踏みをする。

僕はすかさずその足元に潜り込み、新種を背負って走った。

海洋生物コーナー——タンカーは、この中央広場の北。

なぜかはわからないが、師匠が言うのだから行くしかない。ただ、新種が重い。本当に人を背負っているのと変わらない。

僕に気づいたGTが、「逃がさないよ！」とマンモスをけしかけてくる。振り返る暇はない。地震のような振動と、重々しい足音がすぐ背後にある。

広場を抜け、海洋生物コーナーに到着した。正面にタンカーの全景が見えたが、まだ距離がある。這いつくばって息を整える。

「休んでる暇はないぞ！」

声がしたので顔を上げると、そこには大朗氏を筆頭にした審査員たちと、ステージに出ていた――いや、出ていない人も含めて三十名はいるだろう、作務衣姿の動物職人たちが立っていた。

「あいつの狙いはきみの新種なんでしょ？　ほら、立って！」

そう言って僕の肩を摩るのは、青宮さんだ。

「きみは今のうちに逃げるんだ」

大朗氏は怒気を含んだ声で言った。

「皆、いくぞ」

大朗氏の言葉に職人たちは頷き、連れていた基礎動物をこね、新しい動物を創っていく。ある者はイノシシ、ある者はハイエナ、ある者は土佐犬、ある者はワニ、ある者はラクダ、ある者はトナカイ、ある者はジャッカル――出来上がった動物たちが横一列にずらりと並び、マンモスを待ち受ける。

「さあ、安全なところへ！」

大朗氏が言って、僕は新種を担ぎ直し、タンカーへ向かった。ほどなく地響きがし

て、後方から騒音が聞こえた。動物たちが絶叫している。職人たちが鬨の声を上げる
……しかし、その多くが徐々に悲鳴へ変わっていく。「ぎゃあ」「ブヒィ」「ぎょえっぷ」

「ウワー」という断末魔にも振り向かず、僕は必死に足を進めた。

　そうしてとうとうあと少しまで来たところで、タンカーへ乗り込むためのタラップ
の前に、誰かが立っていることに気づいた。

　ウカさんだ。

　薄桃色の作務衣を着たウカさんが、おろおろしながらこちらを見ていた。僕を認め
ると、彼女は大きく手を振った。

「ナギくん！」

　僕がとうとう船着場に辿り着くと、ウカさんは嬉しそうな顔をした。

「ナギくん、なんだか久しぶり」

「ウカさん」

　僕は思わずぐんにゃりした。

「大丈夫？　汗びっしょり」

「だ、大丈夫……。それより、あのマンモスが見える？　ここに来れば何とかなるっ
て師匠に言われたんだけど」

　後方では、職人たちとマンモスとの戦いが続いている。

隙を突き、誰かがツボを入れて無力化できればいいが、やはり簡単にはいかない。マンモスは職人の接近を嫌い、竜巻のように鼻を振るう。攻撃を受けた職人と動物が、ボウリングのピンみたいに弾き飛ばされた。

それでも職人たちは諦めず、懸命に奮闘する。しかし、暴れるマンモスを前に為す術がない。いよいよ基礎動物も底をついたのか、とうとう陣形を解いて敗走を始めた。

再び自由となったマンモスは、僕たちを見て、大声で鳴いた。

「こ、こっち来る！」

とウカさんが逃げ腰になった時、「ウカっ！」という、マンモス以上の大音声が聞こえた。

マンモスの後ろで、師匠が叫んでいた。

「今だ、創れーっ！」

師匠の声にウカさんはハッとして、タラップを駆け上がる。慌てて僕も続く。

無数のパイプラインが走る甲板に降りたウカさんは、その場に片膝をついた。両手のひらを鋼の床に置いて、目を閉じる。

そして深呼吸をしたのち、「もひもひもひ」みたいなことを呟いた。

するとだんだん、ウカさんの体が発光し始めた。淡い青色の光が彼女の体から床へと移り、そのうち甲板一面が――いや、僕たちのいるタンカー全体が燦然と輝き出した。

光がどんどん強くなっていく。眩しくて、いよいよ目を開けていられない。足元がぐらぐらと動き出して、僕は尻もちをついた。どおん！　と床を突き上げるような衝撃が来た。と思ったら、いきなり通り雨みたいな水飛沫が降り注いだ。

数十秒が経ち、光と飛沫が収まって、ようやく目を開けた。

違和感がある。僕は何か、つるつるグニグニした、ゴムみたいなものの上にいた。鋼だったはずの甲板に、尻もちをついた体がわずかに沈み込んでいる。気球から空気が抜けるような音がしたので見れば、近くに巨大な穴があり、そこから間欠泉みたいなぶっとい水柱が上がり、空に綺麗な虹を架けていた。

「……何、創ったの？」

濡れた髪を絞っているウカさんに、僕は尋ねた。

「シロナガスクジラ」

ウカさんは答えた。

「た、タンカーをクジラにしたの？」

「うん」

「僕たち、今、クジラの背中にいるの？」

「うん」

ふと察する。師匠はおそらくウカさんにこのクジラを創らせて、コンテストで評価してもらうつもりだったのだろう。

それにしても、このクジラはあまりに巨大だ。頭から尾までの距離が、ゆうに百メートルを超えている。背の上から船着場を見下ろせるほどの体高もある。シロナガスクジラにしても大きすぎるのは、「デカけりゃデカいほどいいだろが」という師匠の指示があったからに違いない。こんな規格外のものをどうやって審査してもらうつもりだったのかと僕は呆れた。

「……ところで、今これ創ってどうすんの？」

僕が訊くと、ウカさんは「さあ？」というように首を捻った。

シロナガスクジラは、背を海面に出したまま動き始めた。

穏やかな潮風が吹き、会場の景色が遠くなっていく。ウミネコがミャアミャアと寄ってくる。泳ぎを楽しむようにのんびり海を旋回してから、クジラはまた会場へと接近した。

「よくわかんないけど、とりあえず師匠の言う通り、創ったものは創ったから降りよ」

そう言って、ウカさんはクジラの前方を指差した。

「頭を陸につけてくれるから」

僕は新種を背負って、ウカさんとクジラの頭へ向かった。「噴気孔に落ちないでね」

とウカさん。クジラの頭上から、がらんとした会場の様子が見て取れる。観客たちはすっかり避難したようだった。

次第に陸が近づいて、クジラがゆっくりと頭を下げる。上顎の先端がちょうどよく接続して、タラップに飛び移れるようになった。

僕は新種を背負い直し、体勢を整えた。

その時、ウカさんが短い悲鳴を上げた。

「おいおい、これはどういうことだろうね」

すぐそこに、ウカさんの頭の輪っかを摑む、GTがいた。

「船がクジラになっちゃったよ。ボクは夢を見てるのかなあ……」

ハッとする。

そうか。タンカーの時点で、乗っていたのか――。

GTは僕たちをちらりと見、足踏みをしてクジラの頭の感触を確かめるようにした。

「今日、ボクはふたつも素晴らしいものと出逢った。実に得難い日だ」

GTはウカさんを押し倒し、白衣のポケットからカッターを出して、チキチキと刃を立てた。

「見てたよ。キミがこれを創ったんだろ？　……キミの中身は、どんなふうになってるんだろうね？」

僕は新種を寝かせて、GTに飛びついた。

力任せにウカさんから引き剝がし、そのまま組み敷こうとする。GTは笑いながら僕の首を絞めて抵抗する。もつれ合って転がり、視界が二転三転した。やがて回転の勢いがなくなり、僕が上を取った。

僕はGTに馬乗りになって、その顔面に拳を落とそうとした。

が、みぞおちにねじ込まれたGTの膝に、たまらずうずくまる。その隙に今度はGTが僕の上になり、カッターを振り下ろそうとしてその手の中が空であることに気づく。GTの落としていたカッターを拾ったウカさんが、クジラの上顎へと逃げていく。

GTは僕の顔面を二発、ぼこんぼこんと殴りつけ、ウカさんを追った。鼻からぬるりとしたものが流れて頰が熱い。しかし僕はすぐに身を起こし、後ろからGTにタックルをかました。

顔面からびたんと倒れ込んだGTだが、「革新、革新……！」と呟きながら、僕をものともせずズリズリと這っていき、タラップに飛び移らんとするウカさんの足首を摑んだ。

瞬間、クジラが激しく揺れた。

ウカさんがひよこを創り出した昨春のことを思い出す。

ひよこたちは、ウカさんを「親」として認識し、彼女に迫る僕を明らかに威嚇した。

つまり、このクジラもそうなのだ。

クジラが上顎を上げ、急な傾斜が生まれた。ウカさんは必死に這いつくばる。僕とGTは揉み合ったまま、クジラの背を滑り落ちていく。拘束から逃れようとGTは体を捩り、僕の顔を何度も踏みつけた。

それでも僕は離さない。

クジラが頭を上下する。僕たちはごろごろと転げる。

その時、突如として、フッと内臓が浮き上がる感覚があった。

虚空を掻き、無重力を泳ぐ体が刹那に認識する——これまであったクジラの背——地面がない。

僕たちは、クジラの背から投げ出されていた。

一転、今度は無数の重力の手が全身を捉え、問答無用に下方へ引きずり込んでくる。すぐに冷たい水の感触が来て、呼吸がままならなくなった。海へ落水したのだ。

空気を求めてもがいていると、目前にある壁のようなクジラの体が動いた。どうっと波が立ち、海面がうねる。そのうち海流が生まれていた。それは、クジラの口に吸い込まれていく海流だ。

クジラが口を開け、ジェット機みたいな音を出し、海水を飲み始めていた。

とてつもない吸引力で、脱しようにもまるで術がなく、僕はクジラの中へと吸い込まれた。

そこは、小さな海になっていた。

口腔内でぶつかり合う海流に翻弄されて、体の自由が利かない。波に揉まれて海水を飲み、塩辛さが鼻に突き抜ける。かろうじて海面に顔を出すと、天井に曲線を描く上顎の骨と、刷毛(はけ)のような鯨ひげが見えた。

陸上の物もまとめて吸い込んだのだろう、海流には万国旗や樽やベンチや植木鉢やテーブルも見え隠れしている。その中で、ちらちらと翻るマンモスの鼻があった。

僕はそのまま、有象無象のモノと一緒に、クジラの胃の腑へ飲み込まれた。

目を開けると、羽虫のたかる橙色の街灯が見えた。

正面に小さな二基のブランコがあって、その奥にベンチと公衆トイレがある。右方には砂場とすべり台、そしてパンダのオブジェがあった。

僕は、夜の公園の端っこに立っていた。

知らない公園ではない。ここは僕の実家からすぐ近くにある、小さい頃からよく遊びに来ていた、パンダ公園だ。

生温(なまぬる)い風が吹く。夜にあっても、セミの声が満ちている。

「ほら、ナギ」

隣で声がした。

見ると、僕の顔を覗き込んで、父が微笑んでいた。

「蠟燭が立ったぞ。さあ、始めよう」

父は、蠟を落として固めた土台に立てた蠟燭の火に、手持ち花火をかざした。

しゅう、と花火に火が点き、綺麗な緑色の火花が散り始める。

「あっ、ずるい！」

どうしてだろう。僕は、自分の意思と関係なくそう言っていた。

「僕も、僕も！」

僕は近くに置いてあった手持ち花火セットから一本を抜いて、父と同じように火を点けた。ザアザアと流れる赤い火花を前に、「凄いや！」と言った。

「ナギの方がおっきな花火だねえ」

僕たちを見ていた母が微笑んだ。

「負けないぞ」

父は次の花火に火を点ける。

「ねえ、母さんも！」

僕は母に花火を手渡そうとした。

しかし母は首を横に振り、「母さんは見てるのが好きだから、ナギがやって」と言った。

僕はそれが嬉しくて、母に花火の軌跡で描いた林檎を見せた。母は手を叩き、「上手、上手」と笑った。

僕たちはそうして、小さな花火セットの一本一本を、大切に楽しんだ。

ふいに、向こうで大きな声がした。

公園の中央で、御法川一家と、その友人の家族たち十名くらいが、打ち上げ花火を上げていた。夜空に大きな花火が咲き、彼らは大騒ぎした。手持ち花火を二本ずつ両手に持った御法川が、ぐるぐると腕を振って火花を散らす。火が消えたらすぐに放ってまた新しい花火を燃やし、地を這うカナブンを焼き始めた。子どもたちがねずみ花火から楽しそうに逃げ回り、親たちが歓声を上げた。

僕は、その様子を見ていた。

父が、最後に残していた線香花火に火を点けた。

ち、ちちち、ち、と、暗闇に走る亀裂のように散る火花。

僕は「綺麗だね」と言った。

でも。

本当は、気を遣っていた。あっちみたいに、色んな種類の、色んな色の花火ができたらいいのに。もっといっぱいしたいのに。あっちに混ざれたらいいのに。そう思っていた。

けれど、僕は両親を悲しませたくなくて、そう言えばふたりが喜ぶことを知っていて「綺麗だね」と言った。

父と母は、そんな僕の気持ちをきっとわかっていたのだろう。

「綺麗だね」

母は言った。

「ああ。綺麗だ」

父は大きな手のひらで、僕の頭を撫でた。

父と母と僕は、三人で寄り添い、線香花火が落ちるまで、その橙色の火をずっと見つめた。

それは、遠い昔の記憶。

夏の夜、確かに経験したことのある、家族の記憶だった。

◇

ふと、蒸気船の汽笛のような低い音が空に響き渡った。

瞬間、公園の景色が暗転し、線香花火の光が消えた。

一面真っ暗になった視界で、ああそうか、今のが走馬灯というやつだったのだろうと思った。ガオたんに噛みつかれる寸前には見えなかったものが見えたのは、意識を失っていたからこそだろう。さすがに死んだのだと察して、僕はもがくのをやめ、暗い空間に身を任せて漂った。

そうして、どれくらいぼうっとしていただろうか。

遠くから、ウカさんの声が聞こえてきた。僕の名前を呼んでいる。頭をもたげて声のする方を見ようとしたが、体が重くて動かない。

なんとかしようと身じろぎして、突然、猛烈な吐き気がやって来た。堪えるために目を閉じようとして違和感を覚える。瞼が動かない——いや、違う。最初から目を閉じていた。

僕は、瞼を開けようとして吐いた。

「うおわ、きったね！」

師匠の声がして、一気に体が軽くなった。

咳き込んで、寝返りを打つ。そう、僕は仰向けになって寝ていたのだ。

薄く目を開ける。暮れゆく空がある。頬に感じるひんやりとした地面は、濡れたクジラの背である。

ウカさんが涙を流しながら僕の顔を覗き込んで、「よかった……！」と呟いた。

周囲には、大朗氏と青宮さんもいる。僕が目覚めたのを見て、彼らはホッと息を吐いた。そこで強烈な塩辛さを感じて、僕はまた吐いた。どうやら、飲んでいた海水が胃から溢れてくるようだった。

「ふん」

師匠は鼻を鳴らし、あぐらをかいて腕組みをした。「死に損ないめ」

「師匠が心臓マッサージしてくれたんだよ」と、鼻水を垂らすウカさん。なるほど、師匠に乗られていたために体が重かったのか。

「ナギくん、クジラの噴気孔に挟まってたの。それをみんなで引っこ抜いて」

「潮吹きと一緒に体内からぶっ飛ばされたんじゃねえの」と師匠。「まったく、マンガみたいな野郎だな」

師匠の傍らには、僕の新種も座っている。それを見て、僕はようやく安堵した。助かったのだ。

「なにはともあれ、マンモス飲み込んだれ作戦は大成功だ。やはりウカにクジラを創らせて正解だったな」

師匠はそう言って、満足げに顎をさする。

「ぐふ。こんだけド派手に力を見せつけた上に動博も救ったんだから、きっと世間はウカを無視できなくなるぞ。いやあ、人間万事塞翁が馬ってのはこういうのを言うんだなあ」

斜陽に照らされ、クジラの背がきらきらと光った。あんなにも賑やかだった動博の会場が、寂しい橙色に包まれていた。

「あーあ、もうむちゃくちゃだよ」

大朗氏が苦笑いした。

「大団円にはまだ早いよ、キミたち」

その声は、風に乗ってこちらへ届いた。

五十メートルほど先、クジラの背びれにもたれかかっているずぶ濡れのＧＴが、肩で息をしていた。

「あいつも潮吹きでぶっ飛ばされてきたの⁉」と、青宮さんが狼狽える。「あんたらクジラの肺ん中にいたわけ⁉」

「……いいか。これで諦めたわけじゃない。必ずまた、その新種と女の子を奪いに来るからね」

ＧＴは、クジラの背の縁へよろよろと歩いていく。そのまま海に飛び込んで逃げる気だ。

「つ、捕まえねば！」と大朗氏が叫ぶ。

しかし、この距離だ。今更駆け出しても間に合いはしない。

――人ならば。

「仕方ねえなあ」

師匠は立ち上がり、作務衣の右ポケットのファスナーからはつかねずみを取り出した。

目にもとまらぬ早業でそれをこねあげ、ビーバーにする。「念のため拾っといて良かった」と呟き、自分の腰に括りつけていた、鎧のようなものを解いた。それは、喉元を保護する垂のついた鉄黒漆塗りの面頬である。師匠は続けて、内ポケットから畳んだ扇子を出した。

そのふたつには見覚えがある。

マンモスが突っ込んだ『アジア館』の装飾品だ。

師匠はビーバーを抱き上げ、顔に面頬をかぶせ、扇子を前足に無理やり握らせた。

そして、ビーバーの耳元で、

「お前は忍びだ。お前は忍びだ。お前は忍びだ。お前は忍びだ」

そう、繰り返し呟いた。

すると、ビーバーがぶるぶると震え出した。溶けるようにして、その顔が面頬と一体化していく。垂が嘴みたいになって口元に張り付き、やがてがっちりと固定された。

「あいつを止めろ。あいつを止めろ。あいつを止めろ」

師匠はGTを指差し、催眠をかけるように呟き続けた。ビーバーの握る扇子がバッと開いて、前足と結合していく。呼応して他の三足にも同じような変化が起こり、それは立派な水かきになった。

師匠は全ての変化を見届けてから、その動物を地に下ろして叫んだ。

「行けっ！」

解き放たれたカモノハシが濡れたクジラの背を滑り、魚雷のようにGTへ向かう。

GTは、「それじゃあみなさん、ごきげんよう」と言った後で、ようやく自分目掛けて地を滑ってくるカモノハシに気づき、飛び掛かってくるカモノハシを手で払おうとして体にまとわりつかれた。カモノハシはぬるぬるとGTの体を駆け上がる。GTは悲鳴を上げて身もだえした。

カモノハシの右後足の鉤爪が、夕日にきらりと輝いた。

毒針だった。

GTは白目を剝き、ドッと倒れ伏した。

◇

クジラの背から陸地に戻ると、マンモスと戦っていた職人らが僕たちを出迎えた。

会場に乗りつけた十数台のパトカーのパトランプが、夕景を赤く切り抜いている。

大朗氏は背負っていたＧＴを下ろし、駆けつけた警官に引き渡した。藤巻氏と後藤さんが僕の元にやって来て、「なんてことをしてくれたんだ」と言った。

「東京動博は大失敗。日本のＩＤＣＵは世界の笑いものだ。きみがきっかけだよ、ナギくん！」

藤巻氏が言ったその時、ふいに、「どうすんだよ、お前！」という怒声が聞こえてきた。

僕たちから少し離れたところで、火之と向かい合っている御法川がいた。

「なあ、コンテスト流れちゃったじゃねえかよ！」

御法川は、火之を小突いた。

「仕方ないだろ。俺のせいじゃない」

「いーや、契約書には何が何でも優勝することって書いてあるぞ。それがお前の妹の手術費を貸してやった時の条件だったはずだ！」

火之は唇を噛んだ。

「お前が優勝して、ナギのアホをもんのすご～くへこませてやるつもりがよ。せっかく技を教えるよう俺からGTに頼んでやったのに、とんだポンコツじゃねえか！」

怒りで我を忘れていたのだろう、御法川はそこまで言って、周囲から注目の的になっているとようやく気づいたようだった。

「あ」

御法川はこちらを向いて「でへへ」と後ろ頭を掻いた。「みなさんお揃いで」

「火之くん。今のお話、ちょっと詳しく聞かせてくれる？」

大朗氏は御法川たちへ近づいた。

「きみたち、『裏』に通じてたの？」

「いや、まさか！」と御法川。

「御法川さん。あなたは動博のスポンサーでしたよね。そのスポンサーがお抱えの職人に『裏』を斡旋し、不正をして優勝を狙っていたんですか？」

大朗氏はにじり寄る。

「事実なら大問題ですよ」

御法川は慌てて、

「おい、後藤！　弁明しろ！」

いきなりの名指しに、後藤さんは「ええっ⁉」と狼狽えた。

「そ、そんなこと言われても……」

「お前の兄貴のことだろうが！」

「兄貴？」

大朗氏は呟いてからハッとし、警官に抱えられてぐったりしているGTのところへ行った。白衣を開き、首に提がっている偽物のスタッフパスを確認する。警官と頷きを交わし、GTの首からパスを取って、僕たちの元に持ってきた。

「STAFF」という文字の下に「後藤たかし」という名前が入っていた。

後藤たかし。

GT。

はーん。

「兄貴と僕は関係ない……！」

後藤さんは後ずさりした。「関係ない、関係ない！」

「裏切るのか！」

御法川は叫んだ。

「この借金野郎、お前んとこの実家の肉屋がどうなってもいいのかよ！　あそこは既に俺んとこの担保なんだから、俺の気持ちひとつではちゃめちゃにできるんだぞ！」

「ぼ、僕は、あなたたちなんて、知らない！」

「あ～、そんなこと言うの！　じゃあ俺にGTを紹介してくれた上に、火之がコンペに勝つよう総点に細工してくれたのは誰だったたっけなー！」

やけくそになっているのか、御法川は言った。

後藤さんは、膝をついてうなだれた。「だって、両親を助けたくて……」と呟き、ぽろぽろと泣き出した。

僕は御法川に歩み寄った。

「あんだよ！」

御法川はメンチを切った。

「せっかくいい感じになってたのに、結局しゃしゃり出てきやがって。このアホが！」

後藤さんの紹介によって、火之も『裏』に通じていた――だから御法川は僕の写真を撮ることができたのだろう。おおかた、火之と共に『裏』へ出入りしている時に偶然僕を見つけ、これは使えるとシャッターを切ったのだ。

「大朗さん！　火之さんのバッグから、大量の『ガマグチヨタカ』の雛が出てきました！」

動博のスタッフと思しき女性が走ってきて、火之のボストンバッグを開いて大朗氏に見せた。

火之のバッグの中には、白くてふわふわした毛玉にしか見えない鳥の雛が数羽いて、ピイピイと鳴いていた。火之はこの雛をグローブの中に隠し持ち、秘密裏にウシと合体させて、バイソンを創っていたのだ。

「そんなもん、俺は知らないからな！　そいつが勝手にやったことだ！」

御法川は、火之に向かって唾を吐いた。

僕は拳を握って、御法川の顔面を殴りつけようとした。

それより先に、乾いた音が上がった。

突然のビンタに目を白黒させる御法川の前にいるのは、顔を真っ赤にしている、ウカさんである。

「あ……？」

御法川はウカさんを見て、「ウカさん……？」と言った。

ウカさんは御法川を睨みつけ、

「ばかっ!!」

それだけ言って、すたすたと師匠の元に戻っていった。

茫然自失とする御法川の肩を、「じゃ、行こっか」と警官が叩く。そうして御法川と火之と後藤さんは連れられていった。

パトカーに乗る際に、「許さねえぞお」と御法川は言った。

◇

「ナギくん」

走り出したパトカーを見遣ってから、藤巻氏が改めて、怒り顔で言う。

「今回の件、本人が破壊活動を行ったわけではないにせよ、原因はきみにある。きみの動物職人としての資格を剝奪する。永久追放だ」

僕は頷いた。

この結末は、ステージに上がると決めた時から覚悟していた。だから爽やかな心持ちだ。もちろん、動博を台無しにしてしまったことは申し訳なく思う。けれど僕は、その罪悪感を上回る、晴れやかな気持ちでいっぱいだった。

ここに来て良かったと、心から思う。

僕の動物を、母は見てくれたろうか。

見てくれていたらいい。

「これから私と警察署へ行って、事情を話してもらう。その後に、これから一切IDCUと関係しない旨の誓約書を書いてもらうよ」

藤巻氏は、近くの警官に目配せをした。

「わかりました」

　僕は、藤巻氏とパトカーへ向かった。

「ナギくん！」

　ウカさんが心配そうな顔をする。

「大丈夫、ウカさん。また荷物を取りに戻るから」

「待て」

　藤巻氏の前に、師匠が立ちはだかった。

「なんでしょう？」

　藤巻氏は、不思議そうに首を捻る。

　師匠は無表情で、藤巻氏の後ろにいる僕の顔を見た。

　まばたきをせず、じっと見つめた。

　それから、フッと苦く笑った。

　そして師匠は、唐突に正座をした。

　両手をハの字にして置き、深々と頭を下げ、額を地面につけた。

　誰もが驚愕する中、師匠は土下座をしたまま、言った。

「俺の弟子が、誠に申し訳ございません」

◇

何基ものライトスタンドが建てられ、宵の闇が光で払われる。
トラックと作業員たちが忙しなく出入りして、会場が解体される。
職人たちが逃げ出した動物のツボを入れ、大人しくさせていく。
僕は徐行するパトカーの車窓から、その様子を見ていた。

三日に亘る動物万博が、終わった。

終章

五月初旬。

動博が終わってちょうど一か月が経った日の正午、僕は僕の新種を連れて、『時の鐘』をくぐった先にある『穴』へと出かけた。

美空に穏やかな春陽が差す、旅立ちにふさわしい日和だった。散った遅咲きの桜の花びらが水のない側溝で舞い、街路樹の新緑がざわざわと葉の擦れる音を立てていた。

僕は、カモノハシTシャツを着た新種と手を繋いで、『穴』にある送り場に立った。送り場とは、柵で囲まれた直径十五メートルほどの『穴』の中心へと足場がせり出ている部分だ。

真っ黒な『穴』の中からは、びゅうびゅうと強い風が吹き出している。

覚悟してこの時を迎えたが、いざお別れとなると、やはり寂しさが湧いてきた。やめようか、と尻込みしてしまう。やっぱり、ずっと一緒に過ごそうか。この新種の寿命が尽きるまで、面倒を見てやろうか。動物に対して初めて芽生えた気持ちに、僕は自分でも戸惑っていた。

僕はそうして何十分も、送り場でうだうだしていた。

「おい、送らねえのかよ」

ふと聞こえた声に振り向くと、泰然と腕組みをする師匠がいたので驚いた。隣にはウカさんもいて、ソフトクリームを食べている。

「ふたりとも、どうしてここに？」

「あの新種の名前を変更しに市役所へ行った帰りだよ。偶然お前を見かけたんだ」

あの新種――それはガオたんのことだ。

動博の後、ガオたんの権利を持っていると師匠にバレた僕は、それはもうこっぴどく叱られ、ゲンコツを落とされ、認定証をぶん取られた。「お前が新種の権利所有者だなんて百万年はえーんだよ」と師匠は言い、僕に無理やり手続きをさせ、ガオたんの権利を我が物にしたのだった。

「名前、変えちゃったんですか？」

「たりめーだろ。な～にがガオたんだ気持ちわりぃ」

「なんて名前にしたんですか？」

「あの新種、鳴き声がゴロゴロっつって雷の音みたいだったろ。だから雷音、ライオンだ」

師匠は自慢げに鼻息を噴いた。

「どうだ、これがセンスっつうんだよ」

「はあ……」

「ついでにな、これを見ろ」

師匠は携えていた鞄から、クリアファイルに入っている書類を取り出して僕に差し出した。

その賞状みたいな紙には、『養子縁組届受理証明書』とある。

「どうだ。ウカとの養子縁組が正式に認められたぞ」

「ええっ⁉」

僕は書類を受け取り、まじまじと見た。

『石井 十字・倉稲魂
右当事者の養子縁組届は、証人 岡本大朗 及び 藤巻亮汰 連署の上届け出られたところ、本職は審査の上、神忠五年五月一日、これを受理した。よってここに法律上養子縁組は成立したことになる』

「ま、まじですか⁉」

「ああ。これで俺とウカは、晴れて親子というわけだ。堂々とうちに住まわせてやれるぞ」

師匠は腰に手を当て、嬉しそうに胸を張る。

「ほんとにいいの⁉　師匠が父親で！」

僕が尋ねると、ウカさんはきょとんとした。そして五秒後にこっくりと頷き、ソフトクリームをぺろぺろ舐めた。これがどれだけ（色んな意味で）たいへんなことなのか、わかっているのか、いないのか……。

……いや、きっと彼女はわかっていない。どこか抜けているところのある彼女だから、なんだか成り行きでそう決めたような気がする。ここは僕が兄弟子として――いや、僕の方こそ彼女への親心を持って、師匠の理不尽な癇癪から彼女を守ってあげなければ。僕は悟られぬようにひとり拳を握り、そんな決意を固めたのであった。

「……そう言えば、師匠。今日は夕方から大朗さんとお食事に行くんですよね」

「そうだよ。俺のおごりでな」

師匠はため息を吐いた。

「あ～あ。お前のせいだからな」

僕は、動博のあの後のことを思い出す。

「俺の職権と引き換えに、ナギを許してやってくれ」

職人人生、三十五年。師匠は迷いなくそう言って、藤巻氏の前で土下座を続け、地面にぐりぐりと頭をこすりつけながら、必死に懇願した。

「ナギを許してくれ」「こいつはいずれ必ず動物職人界を変える男になる」「この新種を見ればわかるだろう――」

「もう、もうやめてくれ」

大朗氏は、師匠の肩に手を置いた。その瞳が濡れていたのは、僕にしか見えなかっただろう。

「わかった、わかったよ、十字。どうか頭を上げてくれ」

大朗氏は、ごしごしと袖で顔を拭って藤巻氏に向いた。

「藤巻くん。ナギくんの処分、少し考えさせてくれ」

「いくら大朗さんだからといって、これほどの大事(おおごと)を起こした職人をかばうことはできません」

「わかっているとも。……でも、これだけは理解してもらいたい。ナギくんは『裏』の手法で新種を創ったのではない。だからこそ、GTはあれほど躍起になって彼の新種を求めたんだ。彼は『裏』には通じていない。潔白だ」

藤巻氏は数秒黙り、やがて「わかりました」と頷いた。

海の方で、激しく水を叩くような音がした。ざあざあと水飛沫を上げて、クジラがタンカーへと戻っていた。

僕は、藤巻氏とパトカーに乗り込んだ。僕たちがその場を去るまで、師匠はずっと頭を下げていた。

あの騒動の二週間後、流れた動博を二年後に再び開催しようという提案が可決された。コンテストの優勝者がいないままではＩＤＣＵとしても決まりが悪い。次の開催地もまた東京だ。色々あったが、次こそ日本のＩＤＣＵの名誉にかけて動博を成功させてやるのだと、テレビの中で大朗氏が意気込んでいた。

「良かったな、職人資格を取られなくてよ。ただその代わりに俺が大朗におごることになったのだけは永遠に忘れるな」

師匠はぶっきらぼうに言い、僕の隣にやって来て、『穴』を覗き込んだ。

「……師匠」

「んだよ」

「あれからずっと話したかったんですけど。カモノハシって、あんなふうに創るんですね」

「誰にも言うなよ」

「どうやって思いついたんですか？」

師匠は『穴』を見つめたまま言った。

「殺そうと思ったんだよ」

「……え？」

「……いや。俺にはな、大恩のある師匠がいたんだよ。でもその師匠は、俺のせいで職人を続けられなくなっちまった。それがずっと、ずーっと、何十年も心底ムカついててよ」

大朗氏が話してくれた経緯（いきさつ）を思い出しながら、僕は黙って聞いた。

「で、師匠の訃報を聞いた時にいよいよ逆恨みが極まっちまって、師匠の資格を剝奪した当時のＩＤＣＵ日本支部長に報復できないかと考えて。その時創るのが得意だったビーバーにヨロイを着させて、『支部長を殺せ。忍びのようにバレずに殺せ』って囁きまくって洗脳したんだ。そしたら、いつの間にかカモノハシになってた」

師匠は笑った。

「しっかり毒針持っちゃってさあ。おもしれーでやんの」

……それが、動物職人界に革命を起こしたカモノハシの創り方の真実……？

「ま、暗殺は失敗に終わったがな。……つまるところ、俺は一生ろくでなしなんだよ。怒りと憎しみから新種を生み出しちまってさ」

師匠は、どこか寂しそうに言った。

「そして俺はいつまでも、この冷血に依存して生きていくしかねえんだ。俺にあるのは、それだけだから」

それは違う、と僕は知っている。

「……で、そう言うお前はよ。どうやってこの新種を生み出したんだ」

師匠は、僕の新種をつんつんと指でつついた。

「教えろよ。チンパンジーの分類を『哺乳綱霊長目ヒト科』に変更させちまったほどの、とんでもねえ動物の創り方」

「特別なことは、何も。林檎を食べさせただけなんです」

「林檎って、お前んちの実家から送ってきた？」

「そうです。母の林檎です」

師匠は「ふーん」と言った。

そして師匠は「新種を生むってのは、いつもそれに帰結するな」と前置きしたあと、ごく自然に、僕がずっと考え続けてもとうとうわからなかった「どうしてそうなったのか」の答えを口にするのだった。

「それが道徳的か否かにかかわらずよ。結局、動物の進化の鍵ってのは、未来への希望だ」

◇

師匠は「う～ん」と伸びをした。

「ほら、帰るぞ。三人で昼メシだ」

そうして『時の鐘』へと歩きながら、「まったく、さっさと一人前になって俺に楽させてくれよな」とぶちぶち言った。

ウカさんはソフトクリームを食べきり、ちらりとだけ『穴』を見て、師匠の後に続いた。

僕は『穴』を覗き込んだ。

無数の蛍の光のようなきらめきがまたたく闇の中で、動物万博の優勝者がもらえる勲章と同じ、丸くて青い、大きな星が輝いている。

僕は、新種と繫いでいた手を離し、『穴』へと送った。

歩み出した新種は『穴』の上に浮遊し、次第に光の粒になって消えていく。

ふと、新種が振り返り、僕の顔を見て、にっこりと笑った。

僕もまた、新種に笑いかけた。

きみを見送った後、僕は母へ出す手紙の便箋を買いにいくつもりだ。

僕が母にどんな手紙を書くのか、ちょっと恥ずかしいけれど、特別にきみにだけは伝えておく。それは、師匠とウカさんにはいつまでも秘密にする、僕の偽りない本心のこと。

僕は必ず、未来の動博で優勝する。今度は幸運に頼らず、ズルをせず、己の力だけでまっとうに出場し、誰もがびっくりする、きみ以上の新種を創る。それは、おカネのためじゃない。母のためでもない。「職人として高みに達する」という、僕が僕と交わした約束を守るためにだ。

だから僕は、まだ、故郷へは帰らない。

大丈夫。時間はかかるかもしれないけれど、きっと全てはうまくいく。

だって、僕は師匠に教わったのだから。

不器用でも必ず果たせる、約束の守り方を。

約束を守り抜くための、優しさを。


最後にひとつ、どうか覚えておいて欲しい。

僕がこんな気持ちを持てたのは、きみと出逢えたからなんだ。

僕はきみのおかげで、初めて本心から「動物が好き」と思えるようになった。きみを見て、きみを知って、僕は自分のやりたいこと、やるべきことに、改めて気がつけた。

生まれてきてくれて、ありがとう。

きみは、僕の未来への希望で、僕の何よりもの宝物だ。

でもね。宝物がずっと傍にあったら、いつまでも満足しちゃうだろ？

だから、寂しいけれどここでお別れだ。

きっときみなら、あの青い星に先に着いているたくさんの動物たちと仲良くやっていける。みんなを理解し、みんなに寄り添い、みんなと笑って、素敵な毎日を紡いでいける。なにせその心には、ただの林檎ではなく、僕の母の林檎があるのだから。希望に満ちたその林檎を持っている限り、きみはいつでも大丈夫。

だから僕は「気を付けてね」とも「頑張ってね」とも言わない。

そんな言葉がいらないくらい、きみのことを信じているからね。

ただ——それでも。
それでも最後に、一言だけ贈るなら。

僕の大事な動物よ。

懼るるなかれ。

了

本作品は当文庫のための書き下ろしです。

本作品はフィクションであり、実在の個人・団体などとは一切関係がありません。

文芸社文庫

動物万博

二〇二四年二月十五日　初版第一刷発行

著　者　道具小路
発行者　瓜谷綱延
発行所　株式会社　文芸社
〒一六〇-〇〇二二
東京都新宿区新宿一-一〇-一
電話　〇三-五三六九-三〇六〇（代表）
〇三-五三六九-二二九九（販売）

印刷所　図書印刷株式会社
装幀者　三村淳

ISBN978-4-286-24730-4
JASRAC 出2307058-301

［文芸社文庫　既刊本］

道具小路
林檎ちゃん 体内工場奮闘記

女子高生林檎ちゃんが健康で文化的な最低限度の生活を送るため、彼女の体内では〝しなぷす〟が昼夜を問わず活動し、次々と迫る難敵と闘っている。第7回W出版賞特別賞受賞の痛快エンタメ。

川口祐海
ニュー・ワールズ・エンド

巨大組織の陰謀によって富士山が大噴火を起こした。立て続けに起こる原発事故、ウイルス拡散。秘密を握るキーマンとして組織から追われる研究者、その三つ子の娘達に人類の存亡が託される。

田畑農耕地
迷宮山荘は甘く香る

文芸部の合宿で訪れた山荘は、窓に鉄格子、正面玄関から脱出不可能という異様な施設だった。僕らを閉じ込めたのは誰だ？　第4回W出版賞金賞『壮途の青年と翼賛の少女』を加筆修正し、改題。

六角光汰
太陽系時代の終わり

2270年、超高度文明の遺跡から未知の機器が発見された。宇宙進出に向けた実用化の実験中にアクシデントが…。人間とテクノロジーとの関係を描いた第1回W出版賞金賞の本格ＳＦ小説。